怪談5分間の恐怖

たたられる本

中村まさみ

親による子殺し、子による親殺し、無差別殺人、親や身内による虐待死《ぎゃくたいし》……。
なぜ、人の世はここまですさんでしまったのでしょう。
人の心にひそむ闇《やみ》が、日を追うごとに深くなり、
それまではあたりまえであったはずの感情を無にしてしまう。
そんな闇《やみ》におかされそうな世の中に、一筋《ひとすじ》の光が届《とど》いたなら……。
自らの存在《そんざい》こそが奇跡《きせき》であり、それは〝いまを生きたかった〟人々の上に存在《そんざい》する。
怪談《かいだん》というツールを用いて、
ほんの一瞬《いっしゅん》でも命の尊厳《そんげん》・重さ・大切さを感じてもらえたなら……。
そんなことを思いながら、
これからわたしが体験した〝実話怪談《かいだん》〟をお話ししましょう。

怪談師《かいだんし》　中村まさみ

もくじ

背中《せなか》の火花

友人の市井《いちい》から聞いた不思議な話がある。

彼《かれ》は子どものころ、それがあたりまえだと、信じてやまなかったことがあるという。

「背中《せなか》、かいてくれない？」

市井《いちい》が遊んでいる途中《とちゅう》で、弟が急に着ていたトレーナーをまくりあげ背《せ》を向けた。

「どこ？」

「真ん中のあたり……」

いわれたあたりをよく見ると、針《はり》でつついたような小さな赤い点が見える。

右手の人差し指と中指をそろえると、市井《いちい》は引っかくようにしながら、その赤い点をかいてやった。

すると……。

パチッ……

弟の右わき腹《ばら》の下あたりから、小さな火花が散るのが見えた。

なにが始まったのかわからないまま、市井《いちい》はなおも、弟の背中《せなか》をかきながら、その火花を見つめていた。

パチッ……パチパチパチッ……パチパチパチパチッ

まるで線香《せんこう》花火の最後のように、小さな火の花をはじけさせている。

やがてそれは、細かくはじけながら、ゆっくり弟の背中《せなか》の中央へと移動しはじめた。

火花が移動したあとには、まるでアリの行列のように、小さな小さな細かい点線が規則正しく続いている。

その火花と点線が、少しずつ自分がかいている場所に近づいてきたので、市井《いちい》は右手から左手にかく手を替《か》え、空いた右手で、弟の右わき腹《ばら》からのびる点線に沿《そ》ってかいてみた。

「ああそこ！　そこそこっ!!」

弟は、体をくねらせて喜んでいる。

点線の先頭を行く火花は、背中《せなか》の真ん中近くまでくると、今度は下に向かって方向転換《てんかん》した。

点線をなぞるように、市井《いちい》も右手でかきながら火花のあとを追う。

「兄ちゃん、そこそこ！」

しばらくの間、小さな火花が背中《せなか》を縦横無尽《じゅうおうむじん》に動くのを追いかけるようにして、市井《いちい》は点線上をかいていった。

市井《いちい》が手を動かすたびに、弟はおもしろいように体をくねらせた。

ようやく左わき腹《ばら》に到達《とうたつ》すると、火花はふっとふきけしたように、消えてしまった。

あとを追うようについていた点線も……。

「兄ちゃん、なんでそこもかゆいってわかったの？」

弟が不思議そうに市井《いちい》の顔をのぞきこんだ。

「おまえの背中《せなか》に火花みたいなのが見えて、そこをたどっただけだよ」

市井《いちい》が見たままを伝えると、弟は満足気に着なおしたトレーナーをあわてて ぬいだ。

そして急いでトレーナーを裏《うら》がえすと、両そでをつかんでゆかにたたきつけている。

どうやら弟は、トレーナーの中になにかの火があって、それでやけどをしたと思ったようだった。

「なんにもないじゃないか！　だましたなー」

そこになにもないことを確認《かくにん》すると、兄にだまされたと思いこんだ弟はおこって、となりの部屋へ行ってしまった。

その後も何度か同様のことが起きたので、これはふつうのことなのだと、市井《いちい》は思いこんでいた。

〝だれにでも見え、だれにでも起きることではない〟と、中学生になってから気づいたのだということ。

ちなみに、この火花と点線が現れるのは弟の背中《せなか》限定で、他の人や弟の背中《せなか》以外のところに現れることはなかったそうだ。

雨の交差点

小学二年生のころ、わたしが住んでいた都心の一角にある遊び場といえば、児童公園、工場裏《うら》の空き地、そして車の通らない細い路地だった。

中でも、幼稚園《ようちえん》のとなりに造られた小さな公園が大好きで、よく友だちと連れだっては遊びに行っていた。


ある日、夢中で遊ぶうちに、帰りがいつもよりおそくなってしまった。

「もう六時半じゃないの。こんなおそくまで遊んでちゃだめ。雨も降《ふ》ってきたし、帰るわよ」

友だちは親がむかえにきて、帰ってしまった。

わたしの家は、その友だちとは逆方向。

友だちに背中《せなか》を向けて、わたしは家路についた。

公園を出て少し行ったあたりから、雨は本降《ほんぶ》りとなり、街路樹《がいろじゅ》の葉をバラバラと鳴らしながら、周囲の景色を黒っぽく染《そ》めていく。

わたしの家へ帰るためには、ゆるやかな下り坂を下り、信号機のついた交差点を左へ折れなければならない。

その道はせまく、交通量は決して多くない。

（どうしてこんな交差点に信号機がついてるんだろう……？）

子どもながらに、その交差点を通るたびに、わたしはそう思っていた。

その交差点へ、少しずつ近づいていく。

反対側へわたるため、ザアザアと雨が降《ふ》る中、わたしはかさも差さずに、首をすぼめて信号が変わるのを待っていた。

ゴホンゴホン……うぅ～

不意に背後《はいご》から、いかにも苦しそうな男の人のせきばらいが聞こえてきた。

びっくりしてうしろをふりかえると、雨にずくずくにぬれた初老の男性が、路肩《ろかた》にすわりこんでいる。

「お、おじさん、そんなところでなにしてるの？」

わたしはあまりにおどろいて、思わず声をかけた。

するとその男性は、いかにもめんどくさいといった感じで、ゆっくりとわたしに顔を向けた。

「あっち行け」といわんばかりに、手の甲《こう》を返して何度もふっている。

よっているのか具合が悪いのかわからないが、とにかくふつうではない感じだった。

その「あっち行け」と手をふったときの雰囲気《ふんいき》が、実に怖《こわ》く思えて、わたしは信号が青になった瞬間《しゅんかん》、一目散に家へにげかえった。

「何時だと思ってんの！」

玄関《げんかん》に入ると同時に、母から大目玉を食《く》らった。

わたしはおそくなったことよりも、その不気味な男性のことをわかってほしくて、必死で説明したが、話せば話すほど、おそくなったいいわけになってしまう。

どうにも取りあってもらえず、その晩《ばん》は、男性のことが頭からはなれないまま床《とこ》についた。

翌日《よくじつ》、学校がおわると、わたしは友人たちにその男性の話を伝え、彼《かれ》らと連れだって、あの交差点に行ってみることにした。

しかしそこに、前日見た男性の姿《すがた》はなく、なにかしらの痕跡《こんせき》も見つけることはできなかった。

「そんなのあたりまえじゃん！　そのおじさんが、いつまでもこんなところにいる方がおかしいよ」

友人たちにいわれ、わたしもそれは至極《しごく》当然の意見だと思ったが、なぜかわたしには、「あのおじさんは、いまもこの場所にいる」という確信があった。

根拠《こんきょ》のない確信だったが、その〝不確かな確信〟という感覚は、四十年以上たったいまでも、わたしの中に残ったままだ。

それから数日後のこと。その日も雨が降《ふ》っていた。

わたしは、少しの間通っていた英語塾《じゅく》へ向かうため、雨がっぱを着て、いつもの道を歩いていた。

その先には問題の交差点がある。

少し気にはなっていたが、まだ明るい時間だったこともあり、わたしは大して気にも留めなかった。

それは、男性がいたのとは反対側の歩道にいたからかもしれない。

ところが、男性は前回と同じ場所に……いた。

あの日と同じように、道路のわきにすわりこみ、道ゆく車や人の姿《すがた》を目で追っている。

その次の日も雨だった。またその次の日も……。

雨が降《ふ》ると、男性はかならずあの場所にすわっていることに、わたしは気づいた。


しばらくして、わたしは親の都合で引っこすことが決まった。

引っこしの数日前、わたしは母に連れられ、町にある大きなデパートへ、買い物に出かけることになった。

その日も、朝から雨。

母に手をつながれて歩いていくと、じょじょにあの交差点が近づいてくる。

それと同時に、だんだんわたしの鼓動《こどう》は激《はげ》しくなっていくが、今日は母といっしょだし、歩いているのは男性のすわっているのとは反対側だ。

「ここでわたっちゃおうか」

もう少しであの交差点というあたりで、母が急に反対側へと横断しようといいだした。

「いやだ！　そっちには行かない！」

わたしは、かたくなにいいはった。

「どうしてよ、変な子ねぇ？　どっちにしても、むこう側へわたらなきゃならないのよ」

母はけげんな顔をしていった。

「おじさんがいるんだ！　怖《こわ》いおじさんが！」

思わずわたしの口をついて出た。

「おじさんですって？　そんな人、どこにもいないじゃないの」

だがわたしにははっきりと見えていた。

しかも男性は、確実にこちらに意識を向け、わたしたちの姿《すがた》を目で追っている。

男性のようすを見たわたしはたまらなくなり、母の手を強く引っぱりながら、さけぶようにいった。

「いるじゃないかっ！　こっち見てるよ！　怖《こわ》い怖《こわ》い怖《こわ》いっ！」

「いいかげんにしなさい！　いったいどこにそんな人がいるというの!?」

わたしはそこで、男性を最初に見た日から今日までのことを、こと細かに母に聞かせた。

すると母の顔色が急に変わったのがわかった。

母はわたしの手を強くにぎると、幼稚園《ようちえん》がある坂に向かって足早に歩きだした。

その間も母は何度もつばを飲み、しきりにうしろをふりかえっている。

母のようすがおそろしく、わたしは泣きたいのを必死にこらえていた。

そのすぐあとに引っこし、その道を通ることは二度となかったが、わたしの脳裏《のうり》には、そのときの母のようすとともに、男性の姿《すがた》が鮮明《せんめい》に残ったままだった。

大人になり、母と思い出話をしているときだった。

たまたま、あの雨の交差点の話題になった。

何十年たっても、わたしの中にははっきりと記憶《きおく》があり、それをそっくり母に伝えてみた。

すると、母は一瞬《いっしゅん》、難《むずか》しい顔をしたあと、こんな話をしてくれた。

「あの交差点でね、以前、お酒によった男の人が車にひかれて亡《な》くなったのよ。夜おそく帰ってきたときに、お母さん、たまたまその現場に出くわしたんだけど、それはひどいことになっててね……。

警察《けいさつ》の話では『ひきにげ』だったそうよ。

あの晩《ばん》も、ひどい土砂降《どしゃぶ》りだったのよね……」

男性は、まだあの交差点にいるのだろう。

ふみ切りのよっちゃん

小学生のころ、夏休みに入ると、神奈川県辻堂《かながわけんつじどう》にある親類の家にいつも泊《と》まりに行っていた。

その家にはわたしと同い年の正孝《まさたか》と、そのひとつ年下の正《ただし》のふたりの男の子がいた。

母のいとこの子どもたちなので、わたしからすればふたりは再従兄弟《はとこ》になる。

家は古い造りの平屋で、広い敷地《しきち》には大きな梅の木があって、そこからぶらさがっている大きな毛虫が、ひたすらおそろしかったのを覚えている。

午前中は海に行くのを日課にしていた。

でもその日はどんよりとくもっていて、海行きを断念し、海とは反対側にある林へ、小さなカナブンのような虫、シロテンハナムグリをつかまえに出かけた。

その林へ行くには、東海道線のふみ切りをわたらなければならない。

ところが、正孝《まさたか》の親は、そこをわたることを、異様《いよう》なほど気にかけているようだった。

「駅のところのふみ切りをわたるんだよ！　いいかい？　絶対に小さいふみ切りはわたるんじゃないよ！　わかったね！」

そのときの語気の強さと雰囲気《ふんいき》は、幼《おさな》かったわたしから見ても尋常《じんじょう》でなく、なにかわけがあるように感じられて仕方なかった。

家を出て、林へ向かいながら、わたしは正孝《まさたか》に聞いてみた。

「あのさ正孝《まさたか》、なんでおばさん、あんなにふみ切りのことになると、おこるのかな？」

「知らな～い。なんでか知らないけど、まえから『小さいふみ切りは通るな』っていうんだよ」

正孝《まさたか》はあまり気にしていないようだった。

そこからは、当時はやっていた変身ヒーローや怪獣《かいじゅう》の話に花が咲《さ》き、怖《こわ》い顔のおばさんがいったことなど、すっかり忘《わす》れていた。


首から虫かごをさげ、うすぐもりの真夏の道を、林へ向かって歩く。

しばらく行くと、ピィィーという警笛《けいてき》とともに、鉄路の継《つ》ぎ目を車輪が通るときのタタンタタン、タタンタタンという音が聞こえはじめた。

いつの間にか、線路に近づいていたのだ。

「駅まで行くと、すごく遠回りになるんだ。母ちゃんにはないしょだけど、こっちから近道していこう」

正孝《まさたか》が小声でいった。

「えっ、それっておばさんがいってた『小さいふみ切り』？」

わたしの頭に、再びおっかないおばさんの顔がうかんだ。

「そうだよ。だって、本当にむこうはすごく遠回りなんだよ。こっちのふみ切りを通れば、林まですぐだからね。

だいじょうぶ、だいじょうぶ！　だまっていればわかんないって！」

正孝《まさたか》の力強い説得に負け、彼《かれ》のいうがまま、わたしたちは〝近道〟を選択《せんたく》した。

何軒《なんけん》かの古い住宅《じゅうたく》の裏《うら》をぬけ、いつしか両わきを竹林に囲まれた、細くさびしい道に出た。

そこをまっすぐ見ると、はるか先に黒と黄色でぬりわけられた防護柵《さく》のようなものが見える。

〝小さいふみ切り〟だった。

近づくにつれ、そのふみ切りには遮断機《しゃだんき》も警報器《けいほうき》もないことがわかる。

車はおろかバイクさえすれちがえないような、小さなふみ切りだ。

「あれが……『小さいふみ切り』かぁ」

わたしは、まじまじとふみ切りを見つめていった。

「そうだよ。早く行こう！」

正孝《まさたか》にせかされ、わたしと正《ただし》と正孝《まさたか》、三人でいっせいに駆《か》けだした。


しかし、ふみ切りにたどりついたとたん、目のまえを轟音《ごうおん》を立てて、グリーンとオレンジ色の東海道線が通りすぎていった。

「わっ、びっくりしたぁ！　全然気づかなかったよ！」

わたしは大きく息をついていった。

「わたるときはよく見ないとね！　だからここは危《あぶ》ないって、母ちゃんがいうんだよきっと」

そんなやりとりをしながら、わたしたちが線路をわたりかけたときだった。

「危《あぶ》ないよっ!!」

その声にはっとなって左を見ると、今度は貨物列車が、こちらへと猛然《もうぜん》と近づいてくるのが見えた。

ぎりぎりではなかったが、わたっていれば確実に警笛《けいてき》を鳴らされたであろう距離《きょり》。

わたしたちはあわてて、もといた線路外へと引きかえした。

声がした正面を見ると、ひとりの男の子がたたずんでいる。

目深《まぶか》に麦わらぼうしをかぶり、わたしたちと同じように、首から虫かごをさげている。

ようやく長い貨物列車が目のまえを過ぎ、わたしたちは左右を何度も確認《かくにん》した上で、簡素《かんそ》なふみ板をわたっていった。

男の子はまだそこで待っていた。

「正孝《まさたか》、だれこの子?　友だち?」

わたしが聞くと、正孝《まさたか》は首をふりながら男の子にたずねた。

「おまえだれ？　どこの子？」

「ぼく、よっちゃん。すぐそこに住んでるの。これから虫とりに行くんだぁ」

「え、虫とり？　じゃあいっしょに行こうよ」

わたしと正孝《まさたか》が同時にいった。

子ども同士というのは、すぐに意気投合するもの。そこからはよっちゃんも加わって、四人で昆虫《こんちゅう》採集ツアーへと向かった。


線路をわたったあとも、やはり細くさびしい道が続く。

左右の竹林から落ちた枯《か》れ葉《は》が、さわさわと音を立て心地《ここち》よかった。

やがて現れた林に入ると、よっちゃんが先導して、さまざまな昆虫《こんちゅう》をつかまえることに成功。

見る見るうちに、カゴの中は、夏の虫たちでいっぱいになった。

そこでわたしは、ふと奇妙《きみょう》なことに気がついた。

「あそこにカナブン！　ほらそこにカブトムシ！」

そういって、よっちゃんはよく教えてくれるのだが、当のよっちゃん自身は、いっさいそれをつかまえようとしないのだ。

わたしたちの虫かごがいっぱいになっているのに、彼《かれ》のかごには、一匹《いっぴき》の虫も入っていなかった。

「よっちゃん、どうしたの？　どうして虫をつかまえないの？」

わたしや正孝《まさたか》がそう問いかけるのだが、よっちゃんは地べたにすわりこんで、首を横にふるだけ。

「ぼく……もう帰るね」

よっちゃんが突然《とつぜん》そういって立ちあがった。

わたしたちの虫かごも、すでにいっぱい。

これ以上つかまえることもできず、夕方までまだ間があったが、わたしたちもよっちゃんといっしょに帰ることにした。

降《ふ》りそそぐせみしぐれの中、四人できた道をゆっくりともどっていく。

当時東京に住んでいたわたしにとって、たったいま捕獲《ほかく》した昆虫《こんちゅう》たちは、まさに宝物《たからもの》。

くるときとはあきらかに重みのちがう虫かごをのぞきながら、うきうきとした気持ちで落ち葉をけりあげていると、先を歩いていたよっちゃんが、はたと歩みを止めた。

「ぼくんち……そこなの。じゃあね、ばいばい」

そういうなり、彼《かれ》は竹林の途中《とちゅう》にできた獣道《けものみち》のような細い道を、左に折れていった。

その先に目をこらすと、一軒《いっけん》のあれはてたあばら家がある。

くるときにはまったく気づかなかったほど、おくまった場所にそれは建っていた。


次の日は朝から晴天に恵《めぐ》まれ、前日とは打ってかわって絶好の海日和《びより》。

遊ぶまえに、その日の分の宿題をすませることを、厳《きび》しくいわれていたわたしたちは、朝ごはんをすませると、勉強部屋代わりにしている、数軒《すうけん》となりの空き家に行って、ドリルをこなした。

「でーきたっと！　まさみまだなの!?　ぼくは終わったから、先に家にもどってるね！」

そういうと正孝《まさたか》は、勉強道具一式をかかえて、とっとと空き家から出ていってしまった。

わたしはというと、算数ドリルに手こずり、まだしばらくかかるだろうと思われた。

頭の中は海で遊ぶことでいっぱいで、あせればあせるほど、頭の中の計算式がめちゃくちゃになってくるという〝怪奇現象《かいき》〟に見まわれていた。

（ああ、もうっ！　セミもキリギリスも鳴いてるよ！　早く早く早く！）


と、そのときだった。

「……あ～そ～ぼ」


不意に妙《みょう》に暗い子どもの声が聞こえた。

声の主は、すぐによっちゃんだとわかった。

しかし次の瞬間《しゅんかん》、それが尋常《じんじょう》な状況《じょうきょう》でないことに、わたしは気づいた。

よっちゃんの声が聞こえたのは、ふすまがしまったままになっているおくの部屋から。

いまわたしがいる茶の間を通らずに、そこへ入ることはとうてい不可能。

わたしが頭の中で、必死にいま自分が置かれている状況《じょうきょう》を整理していると、またよっちゃんの声がした。

「……あ～そ～ぼ～。

ねぇ……あ～そ～ぼ～。

あぁ～そぉ～ぼうぅ～よぉぉぉぉ……」

今度は縁側《えんがわ》のすみの方、トイレのあるつきあたりから聞こえてくる。

その声の気味悪さに身動きできず、わたしは声の主を目で捜《さが》した。

と、次の瞬間《しゅんかん》だった！

グワッ！　ミシッ！

グラグラグラグラッ！　ミシミシミシミシミシッ！

家全体に大きなきしむ音がひびきだし、ぐらぐらとゆれだしたのだ！

「じっ、地震《じしん》だっ!!」

わたしはそうさけぶと、取るものも取りあえず空き家を飛びだし、正孝《まさたか》の家へととってかえした。

家の敷地《しきち》に飛びこむと、梅の木の下で弟の正《ただし》がめそめそと泣いている。

見るとどうやら右手をけがしているようで、手首を左手でおさえて、泣きじゃくっている。

わたしは思わず、正《ただし》の手を引いて家の中へ駆《か》けこんだ。

しかし正孝《まさたか》もその親たちも、いたってふつうで、いつもと変わらない日常の風景がそこにあった。

あれほどゆれたのに、なにを心配するふうでもない。

わたしが帰ってきたことに気づいた正孝《まさたか》が、いつもの顔でいった。

「もう、おそいよまさみ～、やっと終わったの？　正《ただし》はなんで泣いてんのさ？」

「えっ……。いや、いまの地震《じしん》すごかったよね？　正《ただし》は木の下で泣いてて、それでよっちゃんが……」

わたしの言葉をさえぎり、正孝《まさたか》がおどろくべきことをつげた。

「なにいってんの？　地震《じしん》？　ないよ、そんなのぉ。

それより、よっちゃんがどうしたのさ？」

支離滅裂《しりめつれつ》になりながらも、わたしは地震《じしん》のことを説明したが、正孝《まさたか》は家はぴくりともゆれなかったといった。

わたしたちが「うそだ！」「本当だ！」といいあいをしていると、台所からおばさんのどなり声がひびいた。

「正孝《まさたか》！　まさみ！　ちょっとこっちへきなさい！」

おそれおののきながらふたりで顔を出すと、鬼《おに》のような形相のおばさんが立っている。

そしてその場にしゃがみこみ、わたしたちと同じ目線に下りてきたかと思うと、強烈《きょうれつ》なげんこつをおみまいされた。

「いってえな母ちゃん、なんだよもう！」

正孝《まさたか》が頭をなでながら、口をとがらせていった。

「なんだよじゃない！　あれだけいったのに、おまえたち、昨日『小さいふみ切り』をわたったんだっていうじゃないか！」

「だって、ちゃんと確認《かくにん》したし、危《あぶ》なくないよ〜！」

正孝《まさたか》が果敢《かかん》におばさんにいどんだ。

「ちがう！　そうじゃない！　おまえたちはなにもわかってない」

そう捨《す》てぜりふをはくと、おばさんは行ってしまった。

結局その場はそんな感じになってしまい、ついいましがたわたしが経験した地震《じしん》や、部屋の中からよっちゃんの声がした話を、おばさんに伝えるタイミングをのがしてしまった。


それから二十年近くたった、ある初夏のこと。

正孝《まさたか》は交通事故にあい、あえなく短い生涯《しょうがい》を閉《と》じた。

わたしは仏壇《ぶつだん》に手を合わせに、久しぶりに辻堂《つじどう》を訪《おとず》れ、十数年ぶりに正《ただし》と再会した。

思い出話に花が咲《さ》く中、ふとあのときの話題が持ちあがり、わたしは、長年疑問《ぎもん》に思っていたことを聞いてみた。

「あのとき、なんで正《ただし》は木の下で泣いてたの？」

正《ただし》もはっきりとあのときのことを覚えていた。

「梅の木の下に落ちた毛虫を、そこらにある枝でつついていたら、突然《とつぜん》よっちゃんが現れたんだ。『遊ぼう』っていうから、『兄ちゃん呼《よ》んでくるね』っていうと、すごい力でおれの右手をつかんで、ぐいぐい引っぱりだしたんだよ。

それがもう、痛《いた》いのなんのって！

『やめてよ、はなしてよ』って何度いっても、一向にはなそうとしないし、ますます力をこめてきてさ。本当にうでがちぎれるかと思った……」

それを聞いて、わたしもあの日、家へ駆《か》けもどった理由を打ちあけた。

それには正《ただし》もおどろくばかりで、初めて聞く〝空き家での怪異《かいい》〟に、真剣《しんけん》な顔をしておそれおののいていた。

そばでわれわれの会話を聞いていたおばさんの顔が、見る見る青ざめていく。

そして目のまえの麦茶を飲みほすと、おばさんはわたしたちの会話をさえぎって、こんなことをいいだした。

「あのとき、正《ただし》は、『ふみ切りわたってごめんなさい』って泣いてたのよ。

だからわたしは、てっきり正孝《まさたか》とまさみが口止めするために、正《ただし》をいじめていたのだと思ってた。

でもいま聞いた話が本当なら、あんたたちはとんでもない目にあってたのね。

わたしがあのふみ切りへ行くなといった理由はね、まさにそれよ……」

東海道線を、まだ蒸気《じょうき》機関車が走っていた時代。

あの〝小さいふみ切り〟で、ひとりの男の子がひかれて亡《な》くなった。

その子の名はヨシツグといい、線路のむこうの竹林に住んでいた。

息子《むすこ》が亡《な》くなった直後に母親、そのすぐあとに父親もふみ切りで亡《な》くなり、その後も同様の事故が立てつづけに起きたのだという。

「いまだからいうけどさ、実はあのあとも兄貴《あにき》とおれは、あのふみ切りをわたって虫をとりに行ってたんだよ。

でもな、あの日まさみといっしょに見たあのあばら家な、どんなに捜《さが》しても見つからなかったんだ。

あのころは『不思議だねー』ですませてたけどな……」

正《ただし》が遠い目をしていった。

あの夏の日……。

列車の接近に気づかず、線路をわたろうとしたわたしたちを制止してくれた、よっちゃんの声が、わたしはいまでも忘《わす》れられない。

墓地裏《うら》の家

もうかれこれ三十年ほどまえのことだ。

それまで実家住まいだった友人の住友《すみとも》が、地方へ転勤《てんきん》することとなった。

「そんな訳《わけ》でしばらく会えないから、飯でも行こう」

そうさそわれて、わたしはその晩《ばん》、住友《すみとも》と会うことになった。

住友《すみとも》の実家は、東京都下のそのまたはずれにあり、都心へのアクセスもあまりよくない場所だった。

一度だけおじゃましたことがあるが、周囲を雑木林に囲まれた、実にさびしい立地で、そこでなにか事件が起こったとしても、だれも気づかないのではないか……そんなことまで思ってしまうような場所。

しかも……住友《すみとも》の家の裏《うら》には、古くからある〝墓地〟が広がっていた。

いつからあるかもわからないような、古めかしい墓碑《ぼひ》や卒塔婆《そとば》が立ちならび、「夜は絶対にひとりで出歩けないな……」と思ったのを覚えている。


わたしたちは、家の近くにある焼き鳥屋へ行って、男ふたりの定石、ビールと焼き鳥をやりながら、たわいない話に花を咲《さ》かせていた。

そのうち、話題がおたがいの親の話に移った。

住友《すみとも》が母親の話を始めたところで、わたしはそれまでいだいていた疑問《ぎもん》を投げかけてみた。

「おまえんちさ、なんで裏《うら》が墓なの?」

「なんでって……なんだその質問?」

少し聞き方はおかしいと思うが、わたしが住友《すみとも》の家に行ったときにいだいた、ストレートな感想だった。

「おれも最近になって、おふくろといろいろ昔話をすることがあってな。同じことを聞いたよ。

『よりによって、なんでこんな場所に家建てたんだ？』って」

「それでおふくろさんなんだって？」

わたしは少しわくわくして、住友《すみとも》の返答を待った。

「土地が安かったからだと」

そのあたりまえすぎる答えに、わたしはひょうしぬけした。

「あのさ、こんなこと聞いちゃなんだけど……おまえって、あの家で生まれて育ったんだよな？」

「もちろんそうだけど？」

住友《すみとも》は、なんでそんなことを聞くんだという顔をしている。

「裏《うら》の墓……かなり古いものだったろ？　確か戦没者《せんぼつしゃ》の慰霊塔《いれいとう》もあったような……」

「まあな、確かにあの墓地は古いわな。

まったく墓参りにきてないような、草ぼうぼうの墓も多いし、親はよく『絶対立ちいるな』っていってたよ。

だけど立ちいらなくたって、おれの部屋の窓《まど》を開ければ、見わたすかぎり墓だからな」

わたしはいよいよ本題に切りこむ。

「あんな環境《かんきょう》に長いこと住んでてさ、いままでになにか奇妙《きみょう》な体験、してないわけ?」

わたしがそういうと、住友《すみとも》はそれまで吸《す》っていたタバコをもみけし、一瞬《いっしゅん》考えたような表情をしたあと、静かにこんなことを語りだした。


住友《すみとも》がまだ小学生のころ、ある日の夕方、いつもは開けることのないカーテンのすき間から、裏《うら》に広がる墓地をながめていた。

すると女性がひとり、古びた門をぬけて、墓地のおくへと歩いていく。

淡《あわ》いピンク色のカーディガンをはおった、六十歳《さい》手前くらいの人で、住友《すみとも》が見ていることに気づくと、静かに笑ってぺこりと頭を下げた。

女性はなにも持っておらず、その後はまるで慣れた感じで、すいすいおくへ入っていくと、じきに見えなくなった。


その明くる日も、またその明くる日も、住友《すみとも》がカーテンを開けると、そこに決まってその女性がいて、住友《すみとも》に頭を下げては、墓地の中へ消えていくのだった。

そしてその時間はいつも同じだった。

日が沈《しず》んで、なおまだわずかな明るみの残っている、昼と夜の境目の時間……。

〝逢魔《おうま》がとき〟だ。

（あれ、女の人の顔……？）

何日か女性の姿《すがた》を見ているうちに、住友《すみとも》は女性のある異変《いへん》に気づいた。

自分の方を向いて会釈《えしゃく》する女性の顔が、昨日よりもしわがれ、たれさがっているような感じがする。

最初のうち女性は、しゃんとした姿勢《しせい》で、足取りも軽快だった。それが日を追うごとに、足取りがおぼつかなくなり、急に年をとったように見えた。

その日も、女性は自分に向かって会釈《えしゃく》すると、墓地のおくへ歩きはじめた。

女性は昨日より、あきらかに年をとって見える。

「お、お、お母さん！」

その女性の変貌《へんぼう》ぶりがおそろしくなり、住友《すみとも》はその場で母親を呼《よ》んだ。

住友《すみとも》のあわてたようすに、母親は台所で炊事《すいじ》をしていた手を止め、住友《すみとも》の部屋へ飛んできた。

「どうしたの!?」

住友《すみとも》は、けげんな顔をしている母親に、ここ数日の女性のようすをすっかり語ってきかせた。

「どれどれ？　どの人よ？」

窓《まど》に近づき、住友《すみとも》といっしょに、墓の中を歩いていく女性のうしろ姿《すがた》を確認《かくにん》した。

そのとたんだった。

母親は悲鳴にも似た声でどなった。

「見るんじゃない！　早くカーテン閉《し》めなさいっ！」

その日以後、住友《すみとも》は、二度と自分の部屋のカーテンを開けることはしなくなった。


それから、その女性を見ることはなかった。

住友《すみとも》自身がこれといった不思議体験をすることもなく、いつのまにかその女性のことも遠い思い出話になっていた。

転勤《てんきん》が決まり、引っこし準備と部屋のかたづけをしながら、母親と子どものころの思い出話に興じていたときだった。

「あなた……あの女性のこと、本当に見えてたの？」

突然《とつぜん》、母親は、はっとしたような表情をして、あのとき窓《まど》から見た女性の話をしはじめた。

住友《すみとも》も忘《わす》れていた話を、年老いた母親ははっきりと覚えていたのだ。

「見えてたもなにも、あのとき、おふくろだっておれといっしょに窓《まど》から見ただろう？」

住友《すみとも》がそういうと、母親は一瞬《いっしゅん》、ぶるぶるっと身ぶるいした。

「そうよね。わたしも見たのよね。わたしも見たのよね……」

そう何度もつぶやくようにいっている。

「おふくろ、だいじょうぶ？」

なんだかそのようすが心配になり、住友《すみとも》は思わず聞いた。

「あの人はあの墓地のいちばんおくにある一角に埋葬《まいそう》された、八百源《やおげん》のおくさんなのよ……」

母親はじっと住友《すみとも》の顔を見ながら、ぼそっといった。

「えっ……ど、どういうこと!?」

母親は、あの日窓《まど》から女性を見た瞬間《しゅんかん》、それが先日亡《な》くなった、近所の八百屋のおくさんだとわかったという。

青ざめた顔で母親が続けた。

「わたしはあの日、晩《ばん》のおかずの買い出しに、八百源《やおげん》へ行って野菜を選んでたの。そうしたら突然《とつぜん》、それまできびきび動きまわってたおくさんのようすがおかしくなって……。どうしたのって声をかけようとしたとたん、ばったりたおれこんで、そのまま亡《な》くなってしまったのよ……。

あなたも覚えているでしょう？　あの日窓《まど》から見た女性は、うすいピンク色のカーディガンを着てた。

それってね、おくさんがたおれたときに着ていたものだったの」

当時はまだ、遺体《いたい》を棺桶《かんおけ》に入れてそのまま土中に埋葬《まいそう》する土葬《どそう》が残っていた。住友《すみとも》の実家の周辺も、土葬《どそう》を行う家が少なくなかった。

日に日にしわがれていき、おぼつかない足取りになっていったという女性。

土中の遺体《いたい》が日を追うごとに変わっていくその過程を、住友《すみとも》は見てしまったのではないだろうか……。

ホテルの怪《かい》

関西地方の郊外《こうがい》に建つそのホテルは、昭和時代の面影《おもかげ》を色濃《いろこ》く残し、随所《ずいしょ》にわたり余計な装飾《そうしょく》が施《ほどこ》された、中途半端《ちゅうとはんぱ》に和洋が混在する建物だった。

外観も室内の設《しつら》えも実に古めかしく、いまではあたりまえといえる、ドアのオートロックさえなかった。


フロントでチェックインをすませ、かぎを受けとると、わたしは割《わ》りあてられた部屋のある五階を目指してエレベーターに乗りこんだ。

「502、502……と」

うすぐらいエレベーターホールをぬけ、さらに暗いろうかを歩いていく途中《とちゅう》、ドアが少し開いている部屋が目にとまった。

見るとはなしに、わたしがその部屋へ視線《しせん》を向けた瞬間《しゅんかん》だった！

「おおっとぉ……」

思わず声をあげそうに、いや、声を発していたかもしれない。

開かれた30センチほどのすき間に、それこそぴったりはまりこむ感じで、女がのぞいているのだ。

その顔はまるで死に顔そのもので、目は閉《と》じられ、中途半端《ちゅうとはんぱ》に開いた口は、中からおしだされた舌にふさがれている。

そして極《きわ》めつけは、そのすべてが灰色《はいいろ》に見えたことだ。

その〝灰色顔《はいいろがお》〟が、いっそう生命感のない雰囲気《ふんいき》にさせているのだと思われたが、唯一《ゆいいつ》わたしを安堵《あんど》させたのは、彼女《かのじょ》が〝動いている〟というポイントだった。

（びっくりしたなぁおい！　人が悪いぞまったく）

そんなことを思いながら歩を進めていると、いつの間にか『５０３』の部屋番号が視界《しかい》に入った。

「あれ、行きすぎちゃったか……？」

そう思ってきびすを返し、ドアに貼《は》られた部屋番号を目で追うと……。

「なっ！　こ、ここってさっきの……。

じょうだんじゃない！　すでに人が入ってる部屋のかぎ、わたしやがったのか、あのフロントスタッフ！」

旅のつかれもあり、少しでも早く休みたいところへ、こんなミスをされ、わたしは無性《むしょう》に腹《はら》がたった。

わたしは再びエレベーターに飛びのると、フロントのある一階のボタンを、少々手あらにおした。

一階に着くと、先ほど対応に出たフロントスタッフがそこにいた。

わたしは足早に彼《かれ》へ近づき、憤慨《ふんがい》した口調でこういった。

「あなたね。すでに人が泊《と》まってる部屋のかぎわたすって、いったいどういうことなの！」

「はい？　それはどういう……」

「どういうもなにもないよ。この部屋には、女の人が泊《と》まってるじゃないの！」

「いえ、あのお客様、そのようなことはありえません」

「ありえませんって、現におれはこの目で見てるんだよ。しっかりしてくれよなもう！」

「しょ、少々お待ちください」

そういうとフロントスタッフは、すぐ近くにあったスタッフルームへ、あわてて消えていった。

そこから十分あまりも待たされ、わたしのいかりが頂点《ちょうてん》に達しようというころ、スタッフルームから別の男性が出てきた。

フロントスタッフの上司と思われる彼《かれ》は、頭を下げながらも、どこか腑《ふ》に落ちないような表情でいった。

「大変申し訳《わけ》ございません、お客様。

なにか当方に手ちがいがあったものかと確認《かくにん》いたしましたが、やはり本日５０２にお泊《と》まりのお客様はいらっしゃいません。

もしや清掃担当《せいそうたんとう》かとも思い確認《かくにん》しましたが、やはりこの時間、だれも出入りはしていないようで……」

「するとなに？　おれのかんちがいだっていうの？　確かにドアのすき間から女の人が……」

と、そこまでいいかけて、わたしは自分の放った言葉にはっとした。

もしやこれは、だれのかんちがいでもまちがいでもなく、ストレートに〝いるはずのない人物〟を見ていたのだとしたら……。

その瞬間《しゅんかん》、先ほど出くわした顔色の悪い、実にいやな感じの女の顔が、ふっとわたしの脳裏《のうり》をよぎった。

「ご気分を損《そこ》ねられたおわびといってはなんでございますが、セミスイートのお部屋をご用意させていただきます」

上司の男性がいった。

「いやいや、たかだか一泊《いっぱく》なんだから、そんないい部屋はいらないんだけどな。それより早く休みたいんだ。とにかく早いとこ代わりの部屋を……」

「はい！　すぐにご用意いたします。ただ、ふだんは使っていない部屋でございまして、ただいまスタッフが確認《かくにん》しに行っておりますので、しばらくそちらのソファで、お待ちいただけますか」

しかたなくソファで待っていると、数分後、先に会話をしたフロントスタッフがやってきて、わたしに新しい部屋のかぎをわたした。

「お部屋までご案内いたします。お荷物はわたしが……」

フロントスタッフのあとを歩きながら、かぎにぶら下がっている楕円形《だえんけい》のキーホルダーを確《かく》認《にん》する。

503号室。

なんと先ほどかぎをわたされた部屋のとなりだった。

エレベーターで再び五階フロアへと上がり、フロントスタッフがいそいそとろうかを歩いていく。

「今度の部屋はとなりなんだね。さっき一度そのまままで行って、引き返したんだが」

「左様でございますか。誠《まこと》に申し訳《わけ》ございません。

それでは、ごゆっくりおくつろぎくださいませ」

部屋のまえまでくると、フロントスタッフはそういって頭を下げ、わたしに荷物をわたすと、そそくさと帰っていった。

（ふつうこういう場合って、ドアを開けて、室内に荷物を運び入れてくれるものだよな……）

そう思いながらも、わたしはわたされたかぎを差しこみ、ドアを開けた。

手近にある壁《かべ》のスイッチを入れると、部屋は明かりで満たされた。

すべて間接照明で、直接、明るく照らす明かりがひとつもない。

（あれっ……なにかがちがうな。なにがちがう……？）

わたしは確実に違和感《いわかん》を覚えていたが、それがなんなのか、明確な答えがわからない。

あえていうなら、たったいままでここに〝だれかがいた！〟という気配が感じられるのだ。

しかし数時間後には怪談《かいだん》ライブが開催《かいさい》される。とにかくいまは休んで、少しでも英気を養っておかなければならない。

わたしは持ってきたスーツケースを開けて、中から着替《きが》えを取りだすと、旅の汗《あせ》を流そうとバスルームへ向かった。

バスタブの中に立ち、カーテンを閉《し》めてシャワーの温度調節を始めたときだった。

突然《とつぜん》、バツンッという音とともにバスルーム内の照明が消え、鼻をつまれてもわからないような真っ暗な状態になったのだ。

「うわっ！　な、なんで!?」

一瞬《いっしゅん》で、闇《やみ》と化したバスルーム。

なんとか手探《てさぐ》りでシャワーを止め、手を上にのばして、わたしはそこにあるはずのバスタオルをつかもうとした。


「うわあああっ!!」


思わずわたしはさけんだ。

そこにあったのはバスタオルではなく、長く垂《た》れ下がった髪《かみ》の毛だったのだ！

その瞬間《しゅんかん》、わたしの中の危険《きけん》スキャナーが全開となった。

わたしはあちこちぶつけながら、転げるようにしてバスルームを出た。

部屋の照明が正常であったことが唯一《ゆいいつ》の救いだったが、暗く口を開けたままのバスルームから、何者かがはいだしてくるような気がして、わたしはバスルーム内を見ないようにしてドアを閉《し》めた。

ベッドの上に、ぬぎすてたままになっている衣服を急いで身につけ、スーツケースを閉《と》じようとしたとたん、枕元《まくらもと》の電話がけたたましく鳴りひびいて飛び上がった。

急いで受話器を取ると、先ほどのフロントスタッフだった。

「あの、中村様。少々お話ししたいことがございまして」

先ほどまでの冷静な態度とは打って変わり、あわてているようすがうかがえる。

周囲に聞こえないように、手で口をおおって話しているようだった。

「どんな話か知らないけど、いまはそれどころじゃない！

悪いがここには泊《と》まれ……」

「ですから！　お話ししたいことがあるのです！

いますぐそこを出て、二階のエレベーターホールにおいでください。

わたしもすぐに参ります」

その雰囲気《ふんいき》に鬼気迫《ききせま》るものを感じたわたしは、乱雑《らんざつ》に荷物をまとめると、這々《ほうほう》の体《てい》で503

号室を飛びだした。

長いろうかを、キャスター付きのスーツケースを引きながら、半ば小走りでエレベーターホールへ向かう。

指定された二階へ向かうため、エレベーターの↓ボタンをおして到着《とうちゃく》を待っていると、バタバタと、おかしな音が聞こえてきた。

いまわたしが歩いてきたろうかのおくから、何者かが全速力で走ってくるようなそんな足音……。わたしは戦慄《せんりつ》した。

ハァッハァッ

その足音が近づいてくるのと同時に、あらい息づかいが聞こえてきて、それがじょじょに大きくなる。

それが尋常《じんじょう》でない事態であることは、火を見るよりあきらかだった。

その足音が近づくにつれ、わたしの心臓《しんぞう》は早鐘《はやがね》のように鳴りひびき、おそろしさのあまり、無意味だとわかっていながらも、ガチャガチャと↓ボタンを連打する。

ほどなくしてポーンという音に続き、妙《みょう》にゆっくりした調子でドアが開く。

わたしは待ちきれず、半ば無理やりドアをおしひらくかのようにして、エレベーターの中に飛びこんだ。

そしてすぐさま二階のボタンをおし、今度は〝閉《と》じる〟ボタンを連打した。

またゆっくりと閉《と》じ始めるドア……。

とそのときだった！


ハアッハアッハアッハアッ!!


いつしかすぐ近くにまできていたそれが、いままさにろうかの角から姿《すがた》を現し、こちらに向けてものすごい勢いで走りこんでくるのが見えた。

それはまさしく502号室のドアのすき間からのぞいていた、あの死に顔をした女！

そこに走って現れたときも、やはり先ほどと同じ表情、同じ顔色で、両手をぶらんと下ろしている。

さらに目は閉《と》じ、口を半開きにしているところまで、先ほどとまったくいっしょだった。

「うわわっ!! くっ、くるなっ!!」

そうさけびながら、ドアを閉《と》じるボタンを連打し続けたかいがあって、なんとか〝それ〟に追いつかれることなく脱出《だっしゅつ》に成功した。

二階に着くと、すでにフロントスタッフは到着《とうちゃく》しており、わたしをそばにあった応接セットへ誘導《ゆうどう》する。

たったいま起こったことを話そうとわたしが口を開きかけると、おどろいたことに、それをさえぎるようにして口火を切ったのは、フロントスタッフだった。

「中村様……はもしかして、ファンキー中村様でしょうか?」

「そ、そうだけど、それがなに……」

「やはりそうでしたか……。

何度かテレビでお見かけしているので、もしやと思いまして」

「いやいや、なにもわざわざそれをいうために、ここへ呼《よ》びだしたわけじゃないでしょう？」

わたしはむっとしていった。

「もちろんです。実はですね……」


「自分はここをやめる気だ」と前置きして、フロントスタッフは話しだした。

フロントスタッフがこのホテルに就職《しゅうしょく》したのは、いまから半年前。

その直後に、503号室で事件は起きた。

このホテルで結婚式《けっこんしき》を挙げるはずだった女性が、バスルームで自ら命を絶ったという。


それを聞いて、わたしはいだいていた疑問《ぎもん》を彼《かれ》にぶつけた。

「でも、わたしが最初におかしな女性を目撃《もくげき》したのは、確かに502号室だった。

もしかして、二部屋続けて事件が起こってるのか？」

「そこなんですよ！　過去の記録を見ても、５０２ではなにも起こっていないんです。先ほど上司が『ふだんは使ってない部屋だ』と口を滑《すべ》らせましたが、実は５０３では過去にも何度となく事件が起きていて、ふだんはお客様に提供《ていきょう》していないのです。最初に中村様がフロントで『５０２に女性がいる』とおっしゃったとき、正直わたしははっとしました」

「なぜ？」

「おわかりになりませんか？　その女性は……あなたを無理やり、５０３に誘導《ゆうどう》したんですよ……」

ふたりの間に、おかしな沈黙《ちんもく》が広がっていく。

フロントスタッフが我《われ》にかえったように、少しして口を開いた。

「ところで中村様。先ほどこちらにこられたとき、異様《いよう》なほど動揺《どうよう》されているようにお見受けしましたが、もしかしてすでになにかございましたか？」

そこでわたしは、５０３号室のバスルームでの話を皮切りに、５０２号室で見た女が、ろうかを全速力で走ってきたくだりまでを、そっくりフロントスタッフに語って聞かせた。

彼《かれ》の顔色が見る見る変わっていく。

そしてフロントスタッフは、わたしのスーツケースをつかむと、こういった。

「すぐにここを出ましょう！　代わりに、わたしの知人が支配人をしているホテルをご紹介《しょうかい》します。

ここの代金等の処理《しょり》は、わたしがすませておきますのでご安心ください」

その後、ホテルがどうなっているか、わたしは知らない。

小さなほこら

ある年の春、土木関係の会社をしていたわたしの元に、一本の電話が入った。

「いつもお世話になっております。
埼玉《さいたま》にある雑木林を住宅《じゅうたく》用に整地したいと思ってるんですが、雑木がけっこうありまして。
それを伐採《ばっさい》して、根株《ねかぶ》を取りのぞく抜根《ばっこん》までお願いしたいんですが……。
実は工期が迫《せま》っておりまして、なるべく早々に取りかかっていただけないでしょうか？」

ある住宅《じゅうたく》メーカーからの依頼《いらい》だった。

当時の我《わ》が社には、大木を伐採《ばっさい》する準備がなかったため、その手の仕事を得意とする仲間の吉岡《よしおか》に、そっくり丸投げすることにした。

翌日《よくじつ》早朝、吉岡《よしおか》と合流して、わたしは早速《さっそく》現場となる、埼玉《さいたま》の雑木林へ下見に出かけた。

着いてみると、その周辺では、すでに宅地《たくち》造成が始まっていて、真新しい一戸建てがぽつりぽつりと建ち始めている。

問題の雑木林は、それらの家がならぶ裏手《うらて》にあり、遠くから見ても、真新しい屋根の上に木々が高く突《つ》きだしているのがわかった。

わたしたちは車から降《お》りると、すぐに細かな雑木をかきわけて林に分けいった。

まず作業量を把握《はあく》するため、簡単《かんたん》な測量に取りかかる。

「細い木はなんてことはない木だけど、太いのは全部、ケヤキだね。どう見ても自然に生えた感じじゃないから、ずいぶん前に植林したんじゃないかな? 思ったより本数もなさそうだから、全部ぬいてばらして……そうだな、大型トラックに三台ってとこかな」

さすがに専門家《せんもんか》はちがう。

吉岡《よしおか》は、ほんの数十分現場を見ただけで、おおよその算段《さんだん》をつけ、そこにかかる経費と時間を割《わ》り出した。そして快く仕事を引きうけてくれた。

　そのとき……。

「あっれぇ、なんだろこれ？」

　巻《ま》き尺《じゃく》を持って、木のサイズを測っていた吉岡《よしおか》の会社の職人が、突然《とつぜん》すっとんきょうな声をあげた。

　一本のケヤキをまえにして、しきりに首をかしげている。

　わたしと吉岡《よしおか》が近づいてみると、その職人は木の根元付近を指差して、なんともいえない顔をしていった。

「これはまずいでしょう！」

　そうひとことというと、彼《かれ》は林の外へ出ていってしまった。

　彼《かれ》が指差した先にあったのは、小さな鳥居。

　ある一本のケヤキの根元付近に建てられており、しかもそのおくには、高さ40センチほどの、小さなほこらまで置かれている。

いったいなにが祀《まつ》ってあるのかと、わたしはそのほこらの中をのぞいてみた。

そこにあったのは、きれいな卵《たまご》形をした30センチほどの〝石〟。

だれかが人の形に彫《ほ》ってはみたものの、途中《とちゅう》で挫折《ざせつ》した……という感じの形をしている。

要するに、なんだかよくわからない代物《しろもの》だった。


「まったくあいつは、いっつもこうなんだ。変に信心深いっていうか、臆病《おくびょう》というか……」

あきれた顔で吉岡《よしおか》がいった。

「いや、そうもいってられんかもしれないぞ吉岡《よしおか》。

ここにこうしてなにかを祀《まつ》ってるってことは、おそらく以前ここでなにかがあったんだ。

そうでなければ、わざわざこんなことするもんかい」

わたしはやんわりと吉岡《よしおか》に釘《くぎ》を刺《さ》した。

「へぇ、そういうもんかねぇ……」

「こういうのを勝手にさわったりすると、あとあと面倒《めんどう》なことが起きたりするものなんだ。

だからここはちゃんとした手順をふんで、神主《かんぬし》さんにきてもらってだな……」

わたしの言葉を、吉岡《よしおか》がぴしゃっとさえぎった。

「だめだめ、そりゃだめだよ！　そんなことしてたら、時間も金も無駄《むだ》にかかっちまう。第一ここ、時間がない現場なんでしょう？　だいじょうぶだいじょうぶ！　なんでもないよ。あとのことは、全部、おれに任しときなって！」

時間がないのは事実だし、吉岡《よしおか》のペースにも乗せられ、結局そのまま作業を進めることになった。

「作業は明日《あした》の早朝からだと思うけど、悪いが別件の打ち合わせが立てこんでいて、おれは立ち会えないんだ。とにかく安全に頼《たの》むね」

作業をする職人たちにそう申し送りして、わたしは自宅《じたく》に、吉岡《よしおか》は他の現場へと向かった。

翌日《よくじつ》夕方。

わたしはある企画《きかく》の打ち合わせのため、新宿にある超高層《ちょうこうそう》ビルの一室にいた。

そのころの携帯《けいたい》電話というのは、まだまだ電波の届《とど》かない場所が多く、高層《こうそう》階もそのひとつだった。

ところが、打ち合わせがもりあがっている最中、ポケットに入れていたわたしの携帯電話《けいたいでんわ》が鳴りだした。

「えっ、うそ⁉　ここでつながるの？　いったいどんなケータイ使ってるの中村さん」

スタッフが一様におどろいている中、わたしは〝そこで鳴るはずのない〟携帯《けいたい》電話を取りだし、着信表示を確認《かくにん》した。

液晶《えきしょう》画面に〝吉岡携帯《よしおかけいたい》〟と出ている。

「あっ、ちょっと失礼します」

そういってわたしは、通話ボタンをおした。

「もし……も……もしもーし……」

やはりこんな高層《こうそう》階では、満足に会話が成り立たなかった。

しかし、こんな時間に吉岡《よしおか》から着信があるということに、一抹《いちまつ》の不安を覚えたわたしは、近くにあったエレベーターに飛び乗ると、一気に地上階を目指した。

一階に着くと同時に、すぐに吉岡《よしおか》へ電話する。

電話に出るなり吉岡《よしおか》はいった。

「いやあ、面目《めんぼく》ない！　やっちゃったよ、中村さーん！」

なんと吉岡《よしおか》は伐採《ばっさい》現場で、最後に残した大木を、隣接《りんせつ》する新築の家に向けてたおしてしまったというのだ。

「しかもね中村さん、その残した一本ってのが、例のほこらがあったケヤキなんだよ。しっかりチェーンソーで下に切りこみ入れてね、油圧ショベルも大型使って、ワイヤーかけておさえも入れてたんだ。

それなのに、どうなったと思う？

なんとその木は、切りこみ入れたのとは真逆に向いてたおれてったんだよ！」

わたしは打ち合わせを切りあげると、取るものもとりあえず、埼玉《さいたま》の現場に向けて車を走らせた。

着いてみると、吉岡《よしおか》と職人たちがまだ待っており、事故の詳細《しょうさい》を報告してくれた。

あの問題になっていた、小さなほこら。

さすがの吉岡《よしおか》自身も気にはなっていたため、作業まえの打ち合わせのときに、その木は最後に残しておいて、みんなで手を合わせてから切りたおそうと決めていたという。

そして周到《しゅうとう》に準備し、慎重《しんちょう》に作業したにもかかわらず、その木は一軒《いっけん》の家に向かってたおれていき、北側の屋根をゴリゴリと削《けず》り落としてしまった。

電話で話を聞いたときは、よもや半壊《はんかい》か、まさか全壊《ぜんかい》かと心配していただけに、わたしはそれを聞いて、正直、幾分胸《いくぶんむね》をなでおろした。


事故直後、吉岡《よしおか》はすぐに木がたおれこんだお宅《たく》へと走った。

だがおどろいたことに、その家の主人は開口一番こう聞いた。

「どの木がたおれました？」

平身低頭してわびながら、事態を説明する吉岡《よしおか》に対し、主人は意外にもあっけらかんとしている。

吉岡《よしおか》の話が終わり、主人が返してきた言葉に、吉岡《よしおか》はふるえた。

「そう……そうですか。やはりあの木でしたか。

なんとなくではありますが、そんな気がしてたんですよね……。

吉岡《よしおか》さん……とおっしゃいましたか？

実はね社長。あの雑木林の中で、ほこらが置かれていたあのケヤキ一本だけが、うちの持ち物だったんですよ……」


この主人の祖父がまだ若《わか》いころ、九州からやってきたという男の口車に乗せられ、近隣《きんりん》の住民がいっせいにケヤキの苗《なえ》を買い、裏《うら》の土地に植樹《しょくじゅ》した。

「ケヤキは神社仏閣《ぶっかく》の建築に使える材木で、成長すれば非常に高値《たかね》で売れる」

男はそういって、言葉たくみに近隣《きんりん》の住民たちをあざむいた。

しかし実際には、ケヤキは非常に手のかかる材木で、うまく成長したものを伐採《ばっさい》しても、そのあと何年も寝《ね》かせて乾燥《かんそう》させなければ、使い物にならない。一朝一夕《いっちょういっせき》に金に化けるものではないのだ。

そのことを知った住民たちは、次第《しだい》に植えた木を、おたがいにおしつけあうようになり、そのうちにだれひとり、見向きもしなくなってしまった。

しかし〝一本だけ付き合う〟といって苗《なえ》を買った主人の祖父だけは、材木になろうがなるまいが、命あるものには変わりはないと、大切に育ててかわいがっていたのだという。


そして主人が二十歳《はたち》になるころ、突然《とつぜん》、祖父が妙《みょう》なことをいいだした。

あるころから、祖父の夢枕《ゆめまくら》に妙《みょう》なものが立つようになった。

それは白い小さな人の形をしていて、頭からすっぽりと、お嫁《よめ》さんがかぶるような白い〝角かくし〟をかぶり、祖父がかわいがっているケヤキの根元に立っている。

あまりに毎晩《まいばん》現れるので、そのうち姿形《すがたかたち》を覚えてしまった祖父は、それを一枚《いちまい》の絵に描《か》いた。

ある日、それを近所の神社に持って行って神主《かんぬし》に見せると、「そのお姿《すがた》は、稲荷《いなり》である。姿《すがた》を現された場所に、小さくとも鳥居とほこらを建てよ」といわれたという。

祖父はすぐにその両方を建て、近くの川原へ行って見つけてきた石を、自分が見たものと同じ姿《すがた》にしようと彫《ほ》りはじめたが、ほどなくして持病の心臓《しんぞう》病が悪化して他界した。

祖父の元にのみ現れたその白い人形《ひとがた》が、いったいなんだったのか。植えたケヤキとなんらかの関係があったのか。いまとなっては、だれひとりとして知る由《よし》もない。

ヒッチハイカー

きびしい冬もじき終わり、春のきざしが見えはじめたころだった。

当時、小さな運送会社を経営していたわたしは、自らも大型トラックに乗り、日本中を走り回る生活を送っていた。

そのころはまだ、高速道路のパーキングエリアで、〝大阪《おおさか》〟とか〝福岡《ふくおか》〟などと書いたダンボール紙を首からさげ、トラックの助手席に乗せてもらって旅する〝ヒッチハイカー〟の若者《わかもの》をよく目にしたものだった。

しかしトラック仲間からわたしが聞いたヒッチハイカーの話には、あまりいいものはなく、ヒッチハイカーを乗せたがために、予想外のことに巻《ま》きこまれてしまったというような、苦情にも似た経験談がほとんど。

だから、わたしが彼《かれ》らを車に乗せることはなかったし、それ以前に、派手《はで》な車が警戒《けいかい》されたためか、乗せてくれと頼《たの》まれた経験もなかった。

その日、わたしは荷物を満載《まんさい》して、東京から大阪《おおさか》へ向かっていた。

途中《とちゅう》のパーキングエリアで、おそい夕食をとり、腹《はら》を満たして車にもどると、わたしは再びエンジンをかけた。

走り出してすぐ、パーキングエリアの出口のそばにあるガソリンスタンドの先に、ひとりのヒッチハイカーが立っていることに気づいた。

大きく〝大阪《おおさか》〟と書いたダンボール紙を、首からさげている。

ふつうヒッチハイカーは、パーキングエリアの中にいて、停車中のトラック運転手に声をかけ、「乗せてください」と頼《たの》んでくるものだ。

重い荷物を載《の》せて走り出したトラックというのは、なるべく止めたくないし、ましてやそれがパーキングエリアの出口ともなれば、後続車がくる可能性もあり、車を止める運転手はほぼいないと思われた。

ヒッチハイク経験がまだ浅いのかわからないが、いつまで待っても車が止まりそうにない、そんなところに立つ彼《かれ》に、いいようのない理不尽《りふじん》さを感じたわたしは、彼《かれ》の近くへ車を寄せて止めた。

助手席側の窓《まど》を開けると、男性はさっそくステップをよじ登り、窓《まど》に顔をつっこんでいった。

「あの……大阪《おおさか》なんです。乗せてもらえますか？」

もう、すっかりその気になっているようす。

一旦《いったん》止まってしまったからには、むげに断ることもできず、わたしはドアロックを開けると、男性を車内へ招き入れた。

「ありがとうございます。ほんま、助かりました」

二十代前半くらいだろうか、色白でおとなしい感じの男の子で、到底《とうてい》ヒッチハイクで旅行をするタイプには見えない。

「学生さんなの？」

わたしは率直《そっちょく》にたずねた。

「はあ、ぼくはもうすぐ大学卒業なんです。

就職《しゅうしょく》してもうたら、好きなこともでけへんし、こないな自由な時間も取れまへんやろ？　せやからこの機会に、ヒッチハイクで母の住む大阪《おおさか》に帰ろ思うてますねん」

「大阪《おおさか》のどこまで行くのか知らないけど、この車は○○市場までだから、そこでお別れだよ。それでもだいじょうぶ？」

わたしはちらっと彼《かれ》の方を見ながらいった。

「はい、そこで十分です。そこから先は、自分でなんとかしますよって、よろしくお願いします」

礼儀《れいぎ》正しい感じはあるものの、笑っているようすはない。

だいたいヒッチハイカーというのは、自分がヒッチハイクで旅している経緯《けいい》を話したがるものだと、以前、トラック仲間から聞いたことがある。

聞いてもいないのに、ぺらぺらと旅の話を続けるのは少々うるさいが、眠気《ねむけ》防止にはもってこいだといっていた。

しかし、わたしの横にすわる彼《かれ》が話したことといえば、いま交《か》わされた会話だけ。

それからはいっさい口を開こうとせず、うでを組んで、じっとまえを見据《みす》えたまま、身じろぎひとつせずにいる。

（なんだろなぁ、愛想《あいそ》がないというかなんというか……）

わたしがふとそんなことを思ったとき、彼《かれ》が突然《とつぜん》、口を開いた。

「あの……すんませんけど、ぼくちょっと寝《ね》かせてもらっていいですか？」

「あ、ああ、いいよいいよ。寝《ね》なさいな。

座席《ざせき》の左側にあるレバーを引くと、シートがたおれるから」

わたしがそういうと、よほどつかれているものと見え、彼《かれ》はうでを組んだまま目をつぶり、じきにスースーと寝息《ねいき》を立て出した。

前方に気をつけながら、目を閉《と》じる彼《かれ》の方をちらちらと見る。

汚《よご》れ切ったジーンズには穴《あな》があき、シミだらけのシャツも、所々綻《ほころ》んでいるのが見て取れる。

その出《い》で立ちは、ひと昔まえの若者《わかもの》のようだった。

どのくらい走っただろうか。

車は、高速道路を順調に西へ進んでいたが、先ほどのパーキングエリアで用を足したはずなのに、再び猛烈《もうれつ》な尿意《にょうい》におそわれた。

道路上の看板《かんばん》を見ると、2キロほど先に小さなパーキングエリアがある。

わたしはトラックを左車線に移動させ、ほどなく現れた〝P〟の看板《かんばん》を確認《かくにん》して、左へハンドルを切った。

大型車用の枠《わく》に車を止める。

停車しても助手席の彼《かれ》は起きない。

寝《ね》ている彼《かれ》を車中に残したまま、わたしはひとり、トイレへ行こうと車外へ降《お》り立った。

(よほどつかれてるんだな……。コーヒーでも買っていってやるか)

トイレの方向へ歩きながら、そう思ったわたしは、自分のトラックをふりかえった。

すると、さっきまで助手席で寝《ね》ていたはずの彼《かれ》の顔が見える。

(ああ、目を覚ましたな)

単純《たんじゅん》にそう思いながら、わたしは男子トイレへ向かって歩いていった。

小便器に向かって用を足しながら、わたしはふと、たったいま見た光景の一部分が、異様《いよう》に気になり出した。

(あ、あいつ、顔でかいなっ!)

トラックをふりかえった時点で、わたしはすでに、トラックから十数メートルはなれていた。にもかかわらず、そこから見えた彼《かれ》の顔は、前面ガラスごしにかなり巨大《きょだい》に見えた。

よくよく考えれば、ふつうの人間の寸法《すんぽう》とあまりに異《こと》なっている。

(まさかな……。おれが勝手に見まちがえたんだ。

絶対そうにちがいない……)

そんなことを考え、必死に自分を納得《なっとく》させようと試みるが、窓《まど》いっぱいの大きな顔が頭からはなれない。

用を足し終えるとコーヒーも買わずに、わたしは一目散にトラックへ向けて走り出していた。

それは遠目からもわかる異変《いへん》だった。

数十キロ手前のパーキングエリアで助手席に乗せ、つい先ほどまで寝入《ねい》っていた男性が、忽《こつ》然《ぜん》といなくなっている。

いま止めているパーキングエリアは、かなり小さく、先にもあとにもトラックはわたしの車、一台のみ。

周囲を見わたせば、すみからすみまで一望できるようなせまさで、隠《かく》れる場所はどこにも見あたらない。というより、隠《かく》れる理由はどこにもなかった。

「母の住む大阪《おおさか》に帰ろ思うてますねん」

その後彼《かれ》が、我《わ》が子を待つおふくろさんと会えたのかどうか……。

いまとなっては知る由《よし》もない。

お寺の怪談《かいだん》会

その日、わたしは関東郊外《こうがい》にある一軒《いっけん》のお寺へ向かうことになっていた。

そのお寺からの依頼《いらい》で、そこの本堂で行う怪談《かいだん》会で話すことになっていたからだ。
家から会場となるお寺までは、車で二時間少々の距離《きょり》。
(ドライブにはもってこいだな)
そんなことを思いながら、持って行く荷物をバッグに詰《つ》めこんでいた。
すると……。

ミシィッ……ミシミシィッ

リビングのガラス窓《まど》が鳴った。

（地震《じしん》か？）

一瞬《いっしゅん》、そう思ったが、家自体はまったくゆれてはおらず、家具やその他の置物も微動《びどう》だにしていない。

（なんだったんだいまのは……？）

ガタガタガタガタッ……ミシミシッ……ガタガタッ

今度は窓《まど》全体が、大きくゆれだした。

カーテンは開けたままになっている。

内側にも外側にも、窓《まど》ガラスにふれるものはいっさいいない。

なのになにもだれもふれていない大きな窓《まど》ガラスが、いまわたしの目のまえで、ガタガタと音を発しながらゆれているのだ。

なす術《すべ》もなくわたしが呆気《あっけ》にとられていると、そのうちゆれはおさまり、いっさいの異変《いへん》は感じられなくなった。

いたたまれなくなったわたしは、荷物を車に詰《つ》めこみ、予定より早く家を出た。

お寺に着いてみると、すでに会場となる本堂には座布団《ざぶとん》がならべられ、用意万端《ばんたん》といった感じで、怪談会《かいだんかい》の設《しつら》えはほぼ整えられている。

しばらくして、参加者が集まりはじめ、見る間に広い本堂はいっぱいになった。

その日の語り手は、お寺のご住職ともうひとりのご僧侶《そうりょ》、それにわたしを加えた三名。

ひとりが三話語り終えると、次の語り手に替《か》わるという流れになっていた。

舞台《ぶたい》がわりに置いた少し高めの台座《だいざ》に分厚い座布団《ざぶとん》、その両側に脚《あし》の長い燭台《しょくだい》。そこに長さ20センチほどの和ろうそく。

ときおりパチパチとはぜる灯芯《とうしん》が、いやがうえにも怪談会《かいだんかい》の雰囲気《ふんいき》をもりあげていく。

ご住職が語り終え、次の話者であるご僧侶《そうりょ》が二話目の話を終えたときだった。

両わきに立てたろうそくの炎《ほのお》に異変《いへん》が現れた。

それまでは細く長くなびいていた炎《ほのお》が、突然《とつぜん》、ぽんっという音とともに丸くなり、大きくなったり小さくなったりを繰《く》り返している。

それが、どちらか片方《かたほう》のろうそくだけに起きたことなら、それほど気にはならなかったかもしれない。ところが、両わきに置かれた二本のろうそくが同時に異音《いおん》を発し、同時にその炎《ほのお》の形が変化したのだ。

こんな異変《いへん》は初めてだった。

「きっとなにがしかのお霊《れい》様がきてらっしゃるのだろう。なにもおそれることはない。みんな心穏《おだ》やかにして、会を続けよう」

本堂内の動揺《どうよう》を最初に察知した、ご住職がいった。

しばらくすると炎《ほのお》の形もいくぶんおさまり、場にはりつめていた緊張《きんちょう》もほぐれていき、じょじょに元の雰囲気《ふんいき》にもどっていった。

ご僧侶《そうりょ》の話が終わり、いよいよわたしに、語りのバトンが回ってきた。

おふたりの用意した話が割《わり》と穏《おだ》やかな怪談《かいだん》だったので、事前に怖《こわ》い話をしてほしいというリクエストをいただいていたこともあって、わたしは少々きつめの話を二つ連続して投入。

「では三つ目に……」

そういって、わたしは子どものころに、ある神社の境内《けいだい》で出くわした、〝妖怪《ようかい》おとろし〟の話（『病院裏《うら》の葬《ほうむ》り塚《づか》』収載《しゅうさい》「おそろしさま」）を披露《ひろう》することにした。

話が中盤《ちゅうばん》に差しかかったころ、わたしはふとひとりの女性の動きが気になった。

その日会場となったお寺の本堂は、三方をぐるりと板張りの縁側《えんがわ》に囲まれている。

女性は本堂のいちばんうしろにすわっていて、そのすぐうしろには、縁側《えんがわ》と本堂を仕切る障《しょう》子《じ》がぴたりと閉《と》じられていた。

先ほどからしきりに障子《しょうじ》を気にして、女性は何度もうしろをふりかえっている。

「あの……最後列の女性のお客様、そうそうあなたです。

先ほどから拝見《はいけん》していると、なにやらうしろを気にされているようですが、なにかありましたか？」

わたしはあえて話を中断して、女性に声をかけてみた。

「せっかくのお話に、水をさしてしまってすみません。実はさっきから、障子《しょうじ》の外を、だれかがずっと行ったりきたりしているようなんです。どなたかおくれて、いらっしゃったんじゃありませんかね……？」

女性はかなり恐縮《きょうしゅく》したようすでいった。

ご住職が、自分に近い障子《しょうじ》を開けて縁側《えんがわ》に出て確認《かくにん》する。

縁側《えんがわ》をすみからすみまで見てみるが、そこにはだれの姿《すがた》もなかった。

女性が気まずくならないように、その場はうまくとりつくろって、わたしは話の続きを語りだした。

しかし、どうにもその女性の動きが気になって仕方がない。

それからも、女性は何度もうしろをふりかえり、障子《しょうじ》のむこうを歩く足音を気にかけているのだ。

進行中の物語は、ここで一気に佳境《かきょう》に入った。

わたしが神社の境内《けいだい》に忘《わす》れた、メンコを入れた缶《かん》を取りにもどり、それをかかえて参道をもどろうとしたところで、背後《はいご》になにかが……というくだりに差しかかった、まさにそのときだった。

カタカタカタカタ……カタッ……


あきらかに障子《しょうじ》がゆれ、その音が本堂にひびきわたった。

その場にいた全員が、本堂のうしろをいっせいにふりかえる。

全員の視線《しせん》が、先ほどからあの女性がずっと気にしていた、一枚《いちまい》の障子《しょうじ》に向けられた。

その障子《しょうじ》だけが、風もないのにカタカタとゆれうごいている。

そしていままさに、全員が見ている目のまえで、少しずつ開いていっているのだ。

「キャーッ!!」

それを見た例の女性は強烈《きょうれつ》な悲鳴をあげると、まえの人がすわっているところへ飛びのいた。

まるでそれを合図にしたように、今度は次々と他の障子《しょうじ》が鳴りだし、しまいには本堂のすべての障子《しょうじ》が、ガタガタと鳴りだした。

そのようすを見たご住職は、一瞬《いっしゅん》たじろいだあと、やにわに数珠《じゅず》をにぎりしめ、再び縁側《えんがわ》へ飛びだした。

そして声をあらげて、こういった。

「だ、だれだっ！　これはなんなんだ！　いったいなにが望みだっ！」

しかし依然《いぜん》として障子《しょうじ》は鳴りひびき、堂内は軽いパニック状態になっている。

そのうち障子《しょうじ》のそばにすわる何人かの勇気ある人が、バタバタッと障子《しょうじ》を開いた。

だが障子《しょうじ》のむこうを確認《かくにん》してみても、なんの気配もない。

ただ目のまえで激《はげ》しくガタつく、だれもふれていない障子《しょうじ》があるのみだった。

その場にいたほぼ全員が立ちあがり、なす術《すべ》もなく、ただただそのようすを見守っている。

その間、五分なのか、十分なのかは定かではないが、じょじょに動きと音は弱まっていき、やがて会場は静かな本来の姿《すがた》を取りもどした。

最後にご住職が、悪鬼《あっき》退散の真言を唱えてくれた。

だが、その声はいつになく上ずり、まえに合わせた手は、わずかに震《ふる》えていた。

そのご住職のようすに、わたしはいま目のまえで起きたことの重大さを思い知ったのだった。

同居人

わたしの友人で、ひとりぐらしをしている秋山が、腹痛《ふくつう》でトイレでうなっていたところ、ろうかを歩く気配がして、「行ってくるわね」という女の声がした……。

という話を『見てはいけない本』に収載《しゅうさい》した「幽霊《ゆうれい》マンション」に書いた。

その後日談もおもしろいので、書いておこうと思う。

わたしはすぐに引っこしをすすめたが、秋山というのは、もともとこの部屋も以前自殺者が出た〝事故物件〟であることを知っていて選ぶような男。

「そんなことしてると、いまに天罰《てんばつ》が下るからな」

とみんなにいわれても、当の本人は知らん顔。

結局、〝「行ってくるわね」事件〟のあとも、「いましばらくようすを見る」といって、引っこさなかった。

わたしが少しだけ心配になり、秋山に電話してみると、こんなことをいいだした。

「あのとき聞こえた女性の声に、悪意はいっさい感じられないんだ。

それどころか、どこかさびしさを感じてしまってな……。

おれがこの部屋を出て行ってしまえば、『行ってきます』をいう相手もいなくなっちまうだろ」

わたしはこれを聞いて、少々気になった。

(秋山はすでに憑依《ひょうい》されていて、その女性が、部屋から秋山を出すまいとしているのではないか……？)

そう思って、なんとかそれを秋山にやんわりと伝えようとしてみたが、「それじゃ」と秋山はあっさり電話を切ってしまった。

数週間後、時計の針《はり》は深夜二時を回ろうかというころ、突然《とつぜん》わたしの携帯《けいたい》電話が鳴った。

画面の着信表示に〝秋山〟とある。

眠《ねむ》い目をこすりながら通話ボタンをおす。

「な、中村っ！　た、頼《たの》む！　いますぐおれんちへきてくれ！」

秋山の悲痛《ひつう》に満ちたさけび声が、わたしの目をくっきりと覚まさせた。

しかしなにがあったかと聞こうにも、すでに通話は途切《とぎ》れている。

その後、何度もかけなおしてみるが、「おかけになった電話は……」と自動音声での応答をくりかえすのみだった。

わたしは手早く着替《きが》えると、家から三十分ほどの場所にある秋山のマンションを目指した。

車に乗りこみ、以前聞いていた住所をカーナビに入力する。

ところが……。

ほぼ入力が完了《かんりょう》して、あとは〝案内開始〟をおすだけのところまでくると、ボツッという音とともに、ナビの画面が真っ暗になってしまった。

気を取り直して何度かチャレンジするのだが、同じことのくりかえしだった。

だめもとで、わたしは再度秋山に電話をかけた。

「なぁにやってんだよ！　まだ着かねえの!?」

なんと今度は本人が電話に出た。

一瞬《いっしゅん》おどろいてたじろいでしまったが、すぐに腹《はら》が立ってきた。

（人にものを頼《たの》むいい草じゃないだろ！）

そう思ったが、ぐっとこらえて行き方を聞き、わたしは車を走らせた。


深夜で街中はがらがら。

思ったより早めに、目的地へ到着《とうちゃく》し、車の駐車《ちゅうしゃ》場所を探《さが》すため、あたりをキョロキョロしていると、建物のまえに人影《ひとかげ》があることに気づいた。

秋山が立って待っていた。

「車はどこに置け……」

車の窓《まど》を開けて、わたしが駐車場《ちゅうしゃじょう》を確認《かくにん》しようとすると、秋山はものもいわずに助手席のドアを開け、あわてたようすで車内に飛びこんできた。

「なんだおまえはっ！」

「なんだじゃねえんだよ！　すぐに車出してくれ！　早くっ！」

そのようすはまるで、悪質な借金取りにでも追われているかのようで、いつもの秋山のおちゃらけた感じがみじんもない。

どこへ行くとも定まらず、とにかくわたしは車を走らせた。

「この時間だから、開いてる店はファミレスしかないが……」

落ち着きを取りもどしたのか、秋山がとなりでぼそっとつぶやいた。

秋山に教えられた通りの道をたどり、一軒《いっけん》のファミレスに到着《とうちゃく》した。

客もまばらな店内へ入り、とりあえずコーヒーを二つ注文し、わたしはことの次第《しだい》を秋山に聞くことにした。

「あれからも、部屋ではおかしなことは続いた……」

目をふせて、秋山が話しだした。

「待て待て待て！　ちょっと待て！」

わたしがあわてて話を止めると、秋山は顔を上げて、わたしを見た。

「……なんだよ?」

「おれをこんな時間に呼《よ》び出したのは、部屋に出るっていう、おまえの彼女《かのじょ》のことなのか!?」

「だれが彼女《かのじょ》だっ!」

ようやくふだんの秋山がもどってきたな……とわたしは安堵《あんど》した。

それから秋山は、〝部屋でのおかしなこと〟を語りだした。


ある日、秋山が仕事から帰ると、ドアを開けたとたん、たったいままで吸《す》っていたかのように、タバコの煙《けむり》が部屋いっぱいに充満《じゅうまん》していた。

いったいどういうことかといぶかりながら、風呂《ふろ》に湯を張ってもどってくると、なんとテーブルに置かれた灰皿《はいざら》に、口紅《くちべに》がついた吸《す》いがらがある。

おちゃらけてはいるが、実は秋山は超《ちょう》がつくほど几帳面《きちょうめん》な性格。

絶対に吸《す》いがらを残したまま仕事に出たりはしないし、なにより、女性が吸《す》ったと思われる吸《す》いがらが、そこにあろうはずがなかった。

またある日は、リビングでテレビを見ていると、インターホンが鳴った。

すると、自分のうしろあたりで「は～い」という、女性の応対する声が聞こえた。

声がした直後、荷物を持ってきた宅配便《たくはいびん》のドライバーに確認《かくにん》してみると、「確かに女性の声を聞いた」と答えた。

その他にもさまざまな事象が起こっていたが、その集大成ともいえるできごとが、その晩《ばん》、秋山の身に起きていたのだ。

「仕事から帰って、シャワーを浴びて脱衣所《だついじょ》にもどり、着替《きが》えをすませて歯を磨《みが》いていると、突然《とつぜん》、風呂場《ふろば》で止めたはずのシャワーが出始めた。

びっくりしてふりかえると、すりガラスのむこう側に、髪《かみ》の長い女のシルエットがうかんだんだ。

とっさにおれは『だれだっ！』ってさけんでたよ。

するとな、その女がくるりとこちらに向き直って、ものすごい声で『ふざけんな！　ばかやろうっ!!』ってどなったんだ」

その声は、絶対に生身の人間のそれではなく、まるで安物のラジオかなにかのボリュームを、最大限にしたときのように、ひどくひびわれた声だった。

秋山が続ける。

「おどろいたおれはその場からにげだし、リビングに駆《か》けこんだ。

そうしたら、開けっ放しにしたままの脱衣所《だついじょ》のドアが勢いよく閉《し》まって、同時にドアのむこうから、女のすすり泣きが聞こえてきたんだ。

たまらなくなったおれは、携帯《けいたい》電話と財布《さいふ》を引っつかんで、玄関《げんかん》に向けて駆《か》けだした。

あわてて靴《くつ》を履《は》いているときにな、さっき閉《し》まった脱衣所《だついじょ》のドアがゆっくり開いて、中からすごくいやーな声でいったんだ……。

『また置いて行くの?』って」

いったいその部屋で、過去になにがあったのだろうか。

それを調べる術《すべ》はないが、そのすべてをただ〝おそろしい〟とだけ形容するには、少しばかりはばかられるような気がする。

さすがの秋山もその物件から転居し、それ以降《いこう》、秋山の身に怪奇《かいき》なことは起こっていないという。

道に立つ女の子

「おれはねえ、中村ちゃん。

死んだ女房《にょうぼう》だって、夢枕《ゆめまくら》には立ってくれねえんだ。だから、天国だ地獄《じごく》だってのは、はなから信じねえ。

でもね、一生に一度だけ……死ぬほど怖《こわ》い目にあったことがあるよ」

年の瀬《せ》も迫《せま》ったころだった。

東京・渋谷《しぶや》の片《かた》すみで、長年、小さな焼き鳥屋をやっている親父《おやじ》さんが、こんな話を聞かせてくれた。

まだ、世の中にカラーテレビが出回りだして間もないころのことだそうだ。

親父《おやじ》さんが、いつも通り店を開け、仕事帰りのサラリーマンの相手をして、ようやく客が引いたのは、夜中の一時を回っていた。

店の中を片付《かたづ》け、次の日の仕こみを少しして、帰り支度《じたく》をするころには、時計の針《はり》は二時を指していたという。

長年愛用の自転車にまたがり、親父《おやじ》さんは家へ向かってこぎだした。

しばらく行くと、前方がなにやら騒《さわ》がしい。

近づいてみると、あるアパートのまえに、何台ものパトカーが止まっており、深夜だというのに、その周りには野次馬が群がっている。

野次馬の中に、見知った顔を見つけた親父《おやじ》さんは声をかけた。

「なにかあったの?」

「なんでも、そこのアパートで人殺しだそうだよ」

親父《おやじ》さんにとっては、長年通い続けた道。

交通事故さえめったに起こらないこんな場所で、殺人事件だなんて……そう思いつつも、そこに立って見ていたところできりがない。

親父《おやじ》さんは、心の中で念仏を唱えながら、家へ向かって再び自転車を走らせた。


ところがしばらく行くと、なんだか妙《みょう》に、自転車が重いことに気づいた。

親父《おやじ》さんの自転車は、ずいぶん年季が入っていたが、よく整備してあって、パンク以外故障《こしょう》なんてしたことがなかった。

(なんか絡《から》みついたのかな?)

不思議に思った親父《おやじ》さんは、一旦《いったん》自転車から降《お》りて、車体を見てみたが、別段《べつだん》これといった異常《いじょう》は見つからなかった。


次の日。

親父《おやじ》さんはいつも通りに店を開け、いつも通りに鳥を焼き、客が引いたころを見計らって店を閉《し》めた。

見上げると、いまにも泣き出しそうな空模様《そらもよう》をしている。親父《おやじ》さんは、降《ふ》り出すまえに帰ろうと自転車をこぎだした。

しばらく走り、昨日事件のあったアパートが見えてきたとき、おかしな身震《みぶる》いが起きた。

自転車は、ちょうど問題のアパートのまえに差しかかっていた。

ふと見ると、アパートの玄関《げんかん》まえに、女の子がたたずんでいる。

（えっ、首が……!?）

女の子は、首が折れているのではないかと思うくらい、下を向いてうなだれているのだ。

なんといっても昨日の今日。

親父《おやじ》さんは、思わず自転車を止めて、どうしたのかと声をかけようかと思った。

（こりゃ訳《わけ》ありだな……）

真下を向いたままの女の子のようすを見て、親父《おやじ》さんはすぐにそう思い直し、そのまま通り過ぎた。

その女の子を気にしつつも、天気のこともあり、親父《おやじ》さんは家路を急ぐことにした。

すぐそばには線路が通っていたが、終電が過ぎたいまは静かな空間だけが広がっている。

ほどなくして、前方に街灯が見えてきた。

現在のように眩《まぶ》しいほどの光はない、裸《はだか》電球に丸いかさがついた粗末《そまつ》なもの。その明かりの下に、なにかが立っていた。

「あっ！」

轟音《ごうおん》を立てながら、終電後の線路を通る貨物列車が、親父《おやじ》さんの声をかきけした。

そこにいたのははるかうしろのアパートのまえにいた、あの女の子に他ならなかった。

（いや、そんなはずはない。

確かに似てはいるが、あのアパートは何百メートルもうしろなんだ。どんなに急いだって、自転車を追い越《こ》せるはずはない）

親父《おやじ》さんは、必死になってそう自分にいいきかせた。

しかし、街灯が近づくにつれ、それはまちがいだったと気づいてしまった。

服装《ふくそう》だけでなく、あの異様《いよう》なうなだれ方がまったく同じ。それ以上に、なんともいえないいやな雰囲気《ふんいき》の人間が、この世にふたりといるように思えなかった。

そう思ったとたん、いままでに感じたことのないような悪寒《おかん》が、親父《おやじ》さんの全身を走った。

（気にしないで通り過ぎよう、とにかく気にしないことだ）

そう思いながら、その女の子のまえに差しかかった瞬間《しゅんかん》、横を通る貨物列車の音が一瞬《いっしゅん》大きくなったように感じた。

その音につられるように、親父《おやじ》さんは思わず女の子に目線を向けてしまった。

その瞬間《しゅんかん》、女の子は、それまで真下を向いていた顔を、ひょいと親父《おやじ》さんに向けた！


その顔は……鼻と口がつながっていた。

いや、そうではない。

鼻と唇《くちびる》が、まるで削《けず》り取られるかのようにして、骨《ほね》が露出《ろしゅつ》しているのだ。

「うわあっ！」

だれが見ても、それが人間ではないことはあきらかだった。

親父《おやじ》さんは転びそうになるのを必死でこらえ、その場からのがれたい一心で、立ちこぎする足にぐっと力をこめた。

必死に自転車をこぎながら、一瞬《いっしゅん》、うしろをふりかえっておどろいた。

なんと、先ほどの女の子が、自転車のあとを追いかけてくる！

追いつかれてはたまらないと、親父《おやじ》さんは、うしろばかり見ながら走りに走った。

すると、しばらく走ったあたりで、不意にぐぐっとハンドルが重くなった。

親父《おやじ》さんの年代物の自転車には、まえに大きなカゴがついている。

そこに……女の子がしがみついていた。

それを見た親父《おやじ》さんはその場で転倒《てんとう》し、全治二週間のけがを負ったという。

「おれも今年で七十八だが、中村ちゃん、あとにも先にもそんなもの見たのは、それっきりだよ……」

よほど体調が悪くない限り、親父《おやじ》さんは店を休むことはない。

「どうせ家にいたって退屈《たいくつ》なだけだから」

そういって、今日もいつもの時間に店を開けることだろう。

車への愛

いまでも本当にごくたまに、共同玄関《げんかん》、共同トイレ、共同水道の木造アパートを見かけることがある。

そんな建物を見ると、わたしは二十五年まえに見送った友のことを思いだす。

藤田《ふじた》というその男は、ある高級外車マニアだった。

どうしようもないほど金に困《こま》っているにもかかわらず、その車だけは絶対に手ばなさない。

しかし周囲は藤田《ふじた》の生き方にいくばくかの共感を覚え、とやかく口出しする者はいなかった。

そんな高級外車に傾倒《けいとう》する男だったが、決して偉《えら》ぶらず、見栄《みえ》を張るようなことがない。そしてだれよりも、自分自身をしっかり理解している。みんなそれをわかっていたからだろう。

藤田《ふじた》は、町外れの小さな整備工場に勤《つと》めていた。

当時でも考えられないほど安い給料で働いていたが、月に一度ガソリンを満タンにして、愛車で郊外《こうがい》へ出かけていった。

ジャガジャガとうるさくて油くさいその車が、藤田《ふじた》は大のお気に入りだった。

悪いところが見つかってもすべて自分で直し、金がなくて乗ってやれない月は、ただただ車をながめては缶《かん》ビールをすする。

それが藤田《ふじた》の生活だった。


そんな藤田《ふじた》がある日の仕事中、強烈《きょうれつ》なめまいと吐《は》き気におそわれ、病院に救急搬送《はんそう》された。

数週間ほどまえから、ときおりめまいは起こっていたらしい。しかしこの日はあきらかにいままでのものとはちがっていたという。

脳腫瘍《のうしゅよう》……。

医師から告げられた病名は非情なものだった。

しかも腫瘍《しゅよう》は手術不可能な部位にあり、担当医師《たんとうい し》からは、余命どころか、「すでに手の施《ほどこ》しようがない。いつどうなっても不思議ではない状態」と宣告《せんこく》された。

数日後、わたしは藤田《ふじた》に面会しようと病室を訪《たず》ねた。

「元気か……ってのも変だけど、その後どうだ?」

「いまはめまいと吐《は》き気止め飲んでるからな。ごくごくふつうだよ」

(ああ、強い薬を投与《とうよ》していると、親御《おやご》さんがいってたっけ……)

わたしは藤田《ふじた》の両親から聞いていたことを思いだしたが、とにかく表情を変えないように努めた。

それを感じとったのかどうかわからないが、藤田《ふじた》が話しだした。

「ところでな……おれの車な……あれ、おまえにやるわ」

「な、なにをいってんだか、ははは」

わたしは突然《とつぜん》の申し出に、笑うことしかできないでいた。

「ちゃんと聞け!」

「な、なんだよ」

どなるように藤田《ふじた》にいわれ、わたしはびくっとした。

「いいから、ちゃんと聞いてくれ……。

あれはしっかり整備してある。だからいつでも乗れるし、その気になればサーキット走行さえも可能だ。いいか。あれはおまえにやる。おまえに乗ってほしいんだ」

「馬鹿《ばか》か！　おれはあんな車いらないし、あれはおまえが乗ってやらなきゃ……」

「おれは……もう乗れないんだ」

「えっ……」

「何度もいわすな、頭痛《いて》えんだから。おれはもう乗れないんだ」

藤田《ふじた》は知っていた。

自分は二度とここからもどれないことを、しっかり理解し納得《なっとく》していたのだ。

とたんに涙《なみだ》が溢《あふ》れだした。

なんといっていいかわからず、わたしはひたすら「ばかやろう」を連発していた。

堪《たま》らず帰ろうとするわたしを、藤田《ふじた》が背後《はいご》から呼《よ》び止めた。

「これな。確かにおまえにわたすからな」

使いこまれた愛車のキーだった。

「迷惑《めいわく》だったら、売るなり捨《す》てるなりしてくれていい。ただいまは、おまえに託《たく》したいんだ。それだけだ。アメ車好きのおまえには扱《あつか》いづらい『女』だろうが、あれでなかなかいいところもある」

「女?」

「ああ。あいつはれっきとした『女』だ。いいか、丁重《ていちょう》に扱《あつか》えよ。一旦《いったん》へそ曲げると、なかなか機嫌《きげん》が直らないからな」

「やっぱりおまえ、ばかやろうだ!」

わたしは、そう吐《は》き捨《す》てて病院をあとにした。


なんだか猛烈《もうれつ》に悔《くや》しかった。

あの年になるまで彼女《かのじょ》のひとりも作らないで、あんな古い車に心血を注いだ藤田《ふじた》。

ところがどうだ、藤田《ふじた》には〝ドイツ人の彼女《かのじょ》〟がいたということだ。

そんなことを考えながら、わたしはその足で藤田《ふじた》のアパートに向かった。

玄関《げんかん》まえの空き地に、特別あつらえの専用《せんよう》カバーをかけられ、静かに佇《たたず》む藤田《ふじた》の〝彼女《かのじょ》〟が見えた。

丁寧《ていねい》にカバーを剝《は》がすと、とんでもなく輝《かがや》いたボディーが現れた。

その純白《じゅんぱく》の素肌《すはだ》は、まるでホーローをかけたようにつやつやしていた。

ポケットからキーを取りだし、静かにドアを開ける。

シートに身を沈《しず》めると、この車独特のガソリンとオイルの臭気《しゅうき》が鼻を突《つ》いた。

(藤田《ふじた》はいつもなにを思って、このシートにすわっていたんだろう……)

そんなことを思いながら、静かに瞼《まぶた》を伏《ふ》せる。

と、そのときだった!


か……金縛《かなしば》りっ!!　なんで……?

そして頭の中に男の声がひびいてきた。

（いいか。半クラッチは厳禁《げんきん》だ！　古いアメ車に乗れるおまえならわかるな？　オイルは特に注意するんだ。ミッションも特殊《とくしゅ》だから、慣れるまではぼちぼち行け）

紛《まぎ》れもなく藤田《ふじた》の声だった。

「お、おまえ……なんで？　どうやって……ど、どこに？」

「悪いな。名前はフローネだ」

「ふ、ふろーね⁇」

……と、ここでわたしは金縛《かなしば》りから解き放たれた。

しばらくの間、車内で呆然《ぼうぜん》としていたように思う。

それから車の外へ出ると、何本も何本もタバコをふかした。

元あったようにカバーをかけ、家へもどろうと、自分の車を走らせた。

家へ着き玄関《げんかん》のドアを開けると、室内でけたたましく電話が鳴っている。

「はいはい！　もしもしっ、もし……‼　……そうですか……」

藤田《ふじた》の親御《おやご》さんからだった。

藤田《ふじた》が息を引き取った。

わたしが丁度金縛《かなしば》りにあっているころ、あいつはひとりで旅立っていったのだった。


数日後、藤田《ふじた》の葬儀《そうぎ》がしめやかに執《と》り行われた。

焼香《しょうこう》をすませ、その場を去ろうとすると、不意に藤田《ふじた》のおふくろさんに呼《よ》びとめられた。

深々と頭を下げ、すまなそうに大きな茶封筒《ちゃぶうとう》を差し出した。

見るとフェルトペンで太く〈中村〉と書いてある。

「なんですか?」

そういいながらわたしは封《ふう》を開けた。

中には車の譲渡《じょうと》証明書、印鑑《いんかん》証明書、委任状が入っていた。

「これもいっしょにおわたしするよう、生前息子《むすこ》が申しておりました」

そういって再び手わたされたのは、藤田《ふじた》自身の死亡診断書《しぼうしんだんしょ》だった。

車というのは個人の財産で、その持ち主が死亡《しぼう》した場合、名義を変更《へんこう》する手続きは少々面倒《めんどう》がかかる。

藤田《ふじた》はそれを見こして、愛車の名義変更《へんこう》に関わる必要な書類をすべて、あらかじめ用意していたのだ。

「息子《むすこ》の意思を、親友だったあなたに背負《せお》わせるのは、失礼かとは存《ぞん》じます。しかし、あの子は……息子《むすこ》はいまわの際《きわ》にも、あなたの名前を呼《よ》んでいました」

そういっておふくろさんは、涙《なみだ》でぬれた封筒《ふうとう》を見つめた。

あれから二十五年がたった。

いまでも、藤田《ふじた》の愛車はわたしの宝物《たからもの》だ。

米軍住宅廃墟《じゅうたくはいきょ》

話は1973年にさかのぼる。

当時、わたしたち家族は、前年にアメリカから返還《へんかん》されたばかりの沖縄《おきなわ》に住んでいた。

いまでこそさまざまに整備され、リゾート地としての趣《おもむき》を色濃《いろこ》くしているが、当時の沖縄《おきなわ》にそのような雰囲気《ふんいき》はまったくなく、あくまで〝亜熱帯《あねったい》地方の小さな島〟だった。

現代では、駐留《ちゅうりゅう》アメリカ軍と地元の人たちとの親交も図《はか》られているが、当時の大人たちは「アメリカ人に近よるな」「乱暴《らんぼう》されるから○○街へは近づくな」と厳《きび》しく子どもにいいきかせていた。

そのころわたしが住んでいた街には、すでにアメリカ軍人の姿《すがた》はなかったものの、近所の公園の裏《うら》には、彼《かれ》らが住んでいた住宅《じゅうたく》群がそのままの姿《すがた》で残っていた。

それらはすべてが白ぬりの平屋で、各門扉《もんぴ》には住宅《じゅうたく》番号の打刻《だこく》があり、一見して周囲の民家とは一線を画した佇《たたず》まいをしている。

いまは全棟《とう》空き家になっていて、窓《まど》も出入り口も施錠《せじょう》はされずに放置されている。自分たちの住まいとまったくちがう趣《おもむき》の家に興味津々《しんしん》な子どもたちが、そこを格好の遊び場にするのは必然だった。

近隣《きんりん》に住む子どもたちの間では、〝晴れの日は海、雨の日は空き家〟というのが、暗黙《あんもく》の決まりになっていった。

ある日のこと。

ボーイスカウトの年少版であるカブスカウトの友人で、ひとつ年上の仲宗根《なかそね》がうちにやってきた。

ふだんから仲良しの大家の息子《むすこ》・哲也《てつや》もいっしょにいる。

その日は天気もよく、わたしはてっきり海へ行くものと思い、ふたりについていった。

すると歩きながら仲宗根《なかそね》がいった。

「中村くん、米住（米軍住宅《じゅうたく》）の14号棟《とう》に行ったことある？」

この14号棟《とう》というのは、住宅《じゅうたく》群の中でもおくまった場所にあり、庭に立つ巨大《きょだい》なガジュマルに、守られているかのようにひっそりと建つ廃墟《はいきょ》だった。

他の住宅《じゅうたく》はみな白亜《はくあ》の壁《かべ》なのに、この14号棟《とう》だけは黒緑色のコケにおおわれていて、わたしはそこに足をふみいれたことはなかった。

わたしがないと答えると、仲宗根《なかそね》がいった。

「そうか、入ったことないのか。

じゃあいまからみんなで入ろうね。あそこには、おもしろいものがあるからさ」

なにがあるのかとどきどきする反面、わたしの中のなにかが〝行ってはいけない！〟と赤信号を灯《とも》している。期待と不安とが入り混じった、ややこしい感情がわたしの中でぐるぐるとめぐっていた。

五分ほど歩いたところにある公園を横切り、ほどなく〝米住〟に到着《とうちゃく》。

そこにすでにふたりの男の子が待っている。哲也《てつや》の友人のようだった。

哲也《てつや》はふたりに駆《か》け寄ると、沖縄《おきなわ》方言を交え、ひそひそ話を始めたが、なにを話しているのかはわたしの位置からは聞きとれなかった。

だが話しこむ三人の顔に笑顔《えがお》はなく、ときおり眉間《みけん》にしわを寄せている。

そのようすから、決して楽しい話には思えなかった。

逆に楽しくなさそうなその話が気になり出したわたしは、少しずつ三人のいる方へと近づいていった。

「地下に……トンネルが」

「……ガマが……」

それとはなしに聞き耳を立てていると、そんな言葉が聞こえてきた。

沖縄《おきなわ》では自然の洞窟《どうくつ》のことをガマという。

「この家の地下にはよ、『謎《なぞ》のトンネル』があるばーよ。

それがどこまで続いているかわからないけどよ、今日は行けるところまで行ってみようと思う。

懐中《かいちゅう》電灯を持っている者は、おれといっしょにまえを進むからな。

あとの者は、おくれないでしっかりついてこいよ」

いちばん年上に見える子が、突然《とつぜん》そういった。

そんなこととは知らされずついてきたわたしが、懐中《かいちゅう》電灯など持っているはずもない。

結果、わたしは最後尾《さいこうび》を行くこととなった。


カビだらけのドアを開け、少年五人で〝14号棟《とう》〟へとふみいる。

当然ながら部屋の中にはなにもなく、うっすらと降《ふ》り積もった埃《ほこり》が、わたしたちの歩調に合わせてまいあがる。

ときおり、ヤモリの物悲しい鳴き声が聞こえてくる。

いくつかの部屋をぬけ、一段《いちだん》とうすぐらいおくの間へと進んでいき、突《つ》きあたりにあるドアのまえに到達《とうたつ》した。

その部屋のドアには、他のドアにはないかんぬきがついている。かつては厳重《げんじゅう》に施錠《せじょう》されてあったらしいことがうかがえた。

そのドアを開けると、目のまえに無駄《むだ》にだだっ広い部屋が開けた。

ゆか一面コンクリートでおおわれていて、ゆか材の類《たぐ》いはいっさい使われていない、まるで建設途中《とちゅう》のような雰囲気《ふんいき》……。

「ほら、そこだよ。そこから入るんだ」

仲宗根《なかそね》の指差す方を見ると、ゆかの一部に1メートル四方の板張りの箇所《かしょ》があり、そこに金属の取っ手が付けられていた。

その取っ手を持って引き上げると、地下へ下りていく木製の階段《かいだん》が現れた。

わたしたちは、おそるおそるその板をふみしめながら、一歩また一歩と、地階へ続く階段《かいだん》を下りていった。

たどり着いた場所にはなぜか光がさしている。

光をたどってみると、天井《てんじょう》部に明かり取り用の窓《まど》があることがわかった。

それを見てほっとするわたしを尻目《しりめ》に、他の四人はさらにおくへと進んでいく。

地下室は異様《いよう》なほど広かった。

天井《てんじょう》はいろいろなところから、なにかの木の根がぶら下がり、ゆかにはハブのぬけがらや、ヤモリ、見たこともないようなトカゲのような生き物が見えた。

「よし、ここだ。そこを開けるんだ」

いつしか、地下室のいちばんおくに到達《とうたつ》していたわたしたちの目のまえに、また1メートル四方の、今度は赤く錆《さ》びた鉄の扉《とびら》があった。

そこにもまた厳重《げんじゅう》なかんぬきがかけられていて、それをなんとか引きぬき、ふたりがかりで扉《とびら》を手前へと引き開けた。


ギュギュッ……ギュイィィィ……ィィィィ……オォォォォ

錆《さ》びついた蝶番《ちょうつがい》が、そのおくへと続く漆黒《しっこく》の空間に向けて、不気味な呻《うめ》き声をあげる。

いま扉《とびら》は完全に開かれ、目のまえに、真四角のトンネルがぽっかりと口を開けた。

「よし！　じゃあ行こう！」

仲宗根《なかそね》の号令のもと、次々にトンネルへと潜《もぐ》りこんでいく。

トンネル内部にはトタンが貼《は》られていた。

屈《かが》んだ状態で我々《われわれ》が歩くたびに、ゴワンビタン……ゴワンビタタン……と、まるで安い特《とく》殊《しゅ》効果のような感じで、トンネルの中に怪音《かいおん》がひびきわたる。


どのくらい進んだだろうか。

急に先頭を行く仲宗根《なかそね》の歩みが止まった。

「ここから落差があるからよ！　みんな足元に気をつけて、ゆっくりな」

どうやらトンネルの終点まできたらしく、まえを見ると次々に、そのむこうにある空間へと降《お》りていくようだった。

降《お》り立った場所は、ガマの中だった。

左の上部には、ぽかっと口を開けたわずかな空間があり、若干《じゃっかん》ではあるが外からの陽光が差しこんでいる。

だが問題なのは、外の世界へと続くそれではなく、いまわたしたちの目のまえにある、別の〝開いた口〟だった。

なんとそこには、いくつもの人工的なトンネルが設けられていた。

その数、八箇所《はっかしょ》。

（ま、まさか、これひとつずつ、探検《たんけん》しようってのか⁉）

わたしが少したじろいでいると、だれかがいった。

「ちょっと見てみろ。水がでーじ（すごく）溜《た》まっていて、進めんやっさ～。こんなところでまごまごしてたら、がじゃん（蚊《か》）に食わりんど。もどろう！」

わたしはほっと安堵《あんど》のため息をもらしたが、いまきたせまいトンネルを、またもどっていかなければならないのだ。

しかもくるときとちがい、この不気味なガマを背《せ》にして、最後尾《さいこうび》を歩くのは、いささか勇気が必要だった。

ゴワンゴワン、ビシンビシン

相変わらず〝特殊効果音《とくしゅこうかおん》〟が、真四角の闇《やみ》にひびきわたる。

自分としてはごくふつうに進んでいるはずだったが、気がつくとまえを行く仲間から、どんどん間を空けられていた。

「おい、なにしてる？　早くこーいよ～！」

哲也《てつや》の声を聞いてわたしはあわてふためいた。

まるでめまいでも起こしたように、足元がふらついて転んでしまった。

家の地下にあるトンネルの出入り口は、まだまだはるか先。

「待って待って！　ちょっと待ってよー！」

思うように足が動かず、わたしはさけんだ。

わたしの悲痛《ひつう》な声を聞いて、はるか先を進んでいた一団が止まり、懐中《かいちゅう》電灯の明かりがこちらへすっと向けられた。

と、そのときだった。


グフゥッグフゥッ……グウフウゥアァ……ゴワンゴワン……ビタンビタン……

たったいま、わたしたちがぬけてきた背後《はいご》のせまい空間から、激《はげ》しい息づかいと共に、わたしたちとは比べ物にならないほどの速い歩調で、何者かが迫《せま》ってくる！

先を行くみんなにもそれは聞こえたと見えて、あわてた感じでいっせいに懐中《かいちゅう》電灯が向けられた。

その明かりの先に、なにかいる！

しかもわたしたちは、それをまともに見てしまった。

まるでじゃがいものような頭に、そこにある目はちぐはぐな場所についている。口があるべきあたりには、唇《くちびる》のない穴《あな》が開き、そこにたがいちがいに生えた歯が見えた。

明かりが届《とど》いた瞬間《しゅんかん》、〝それ〟はもぞもぞと蠢《うごめ》いてはいたが、いまは動きを止めてこちらの出方を見計らっているようだった。

わたしはいまにも泣きそうになるのを必死にこらえ、そのままの姿勢《しせい》を保ちながら、少しずつ少しずつ仲間のいる方へとにじり寄っていった。

しかし、恐怖《きょうふ》を目《ま》のあたりにした子どもたちが、闇《やみ》の中で沈黙《ちんもく》を長く続けられるはずもなかった。

「うわ、うわ、うわあああああっ!!」

ひとりがさけび声をあげたのを皮切りに、いままでにないほどのあわてた足音が大音響《だいおんきょう》となって広がった。

いまや明かりは道の先にのみ向けられ、最後尾《さいこうび》のわたしは、足元もおぼつかない真っ暗な中を進まねばならなかった。


ゲハッゲハァッ！　ゲハッゲハァッ！　ゴワンゴワンゴワン……ビタンビタンビタン！


うしろからは勢いを取りもどした〝それ〟が、息急《いきせ》き切って追いかけてきている。

「待ってぇ！　待ってよぉっ！」

わたしは我《われ》を忘《わす》れて必死に走った。

「早くこい！　追いつかれるぞっ！　早く早く早く早くっ!!」

そこから、どうやってみんなの元へ追いついたのか定かでないが、気がつくとわたしの目のまえにトンネルの出入り口が迫《せま》っていた。

そこへたどり着いたわたしのうでを、みんながいっせいに引っ張り、わたしは半ば転がり出るような格好で、トンネルから脱出《だっしゅつ》した。

「早く扉閉《とびらし》めろっ!!」

仲宗根《なかそね》がいうが早いか、錆《さ》びた音と共に鉄の扉《とびら》は閉《し》められ、一瞬《いっしゅん》にして大きなかんぬきがかけられた。

と、次の瞬間《しゅんかん》！

ドドドーンッ!!　グエエエエェェェェエッ！

……エエエエエェェェェ
たったいま閉《し》めた鉄扉《てっぴ》に、なにかがぶちあたる音！

続けて、地の底からひびいてくるような、どんな動物とも似通わないうめき声が聞こえた。

その話は、その場にいた五人だけの秘密《ひみつ》にし、その日以降《いこう》、14号棟《とう》はもちろん米軍住宅廃墟《じゅうたくはいきょ》へ近づくことはなかった。

２０１２年10月。

わたしは数十年ぶりにその地を訪《おとず》れ、仲間と共にその場所を捜《さが》したが、米住はおろか、みんなで遊んだ公園さえもなくなっていた。

岬《みさき》のできごと

その日わたしは、友人・鈴木《すずき》とその彼女《かのじょ》を車に乗せ、夜の街道《かいどう》をひた走っていた。

目的地は、ある海岸に突《つ》き出た岬《みさき》の突端《とったん》。

数知れない怪《あや》しい噂《うわさ》が囁《ささや》かれる、自殺の名所で、夜ともなると来訪者《らいほうしゃ》は皆無《かいむ》に等しい、実にさびしい場所である。

なぜそのさびしい場所に、わざわざおそい時間に出向いたか……。

わたしがそこで起こったとされる、怪異《かいい》談を鈴木《すずき》に聞かせた折、鈴木《すずき》がぜひそこに行ってみたいといいだした。

ふたりの仕事が終わった時間を見計らい、待ち合わせたところ、そんな時間からの移動となってしまったのだった。

いまのわたしは基本、そういった場所には近づかないことを信条としている。

しかし当時は若《わか》かったこともあり、ついつい鈴木《すずき》の誘《さそ》いに乗り、単なる〝肝試《きもだめ》し感覚〟でその岬《みさき》に向かっていた。

街中をぬけ、国道をさらに西へと走ると、自分なりに目印として覚えた、整備工場の看板《かんばん》が出てくる。

それを右へ折れてから、道は極端《きょくたん》にせまくなり、次第《しだい》に人家もなくなって、右へ左へと曲がりくねった下り坂が続く。

国道から外れて走ること数十分、やっとのことで車は、だだっ広い岬《みさき》の駐車場《ちゅうしゃじょう》へと到着《とうちゃく》した。

その場所は、海抜《かいばつ》の高いところに位置しており、崖《がけ》から海面までの距離《きょり》は、かなりの落差がある。

海に向かって左側の断崖《だんがい》には、細い道が設けられていて、昼間であればそこを伝って、眼下に見える海辺まで降《お》りて行くことも可能だった。

その途中《とちゅう》には、頭を低くして通らなければならないほど、小さな隧道《ずいどう》が何箇所《なんかしょ》もある。

しかも随所《ずいしょ》に地蔵《じぞう》様や仏像が置かれていて、〝雰囲気《ふんいき》〟をもりあげていた。

駐車場《ちゅうしゃじょう》一帯には街灯の類《たぐ》いがいっさいなく、夜ともなれば、それこそ一寸先《いっすんさき》は闇《やみ》。

ましてや目のまえには切り立った崖《がけ》がある。

いくらそこに手すりが設置されていても、一見して頼《たよ》りないそれに、大事な命を預ける勇気はなかった。

結局、車から降《お》り立ったわたしたちは、そこからどこへ進むこともできずに、ただそのあたりをうろうろしながら、ときおりふきあがってくる海風を感じていた。

左手にぽっかりとその漆黒《しっこく》の口を開けてたたずんでいる、崖下《がけした》へ続く通路があまりに不気味すぎて、わたしはなるべくそちらに視線《しせん》をやらないようにしていた。

「なんだかうすら寒いから、そろそろ帰ろうか」

わたしがふたりに向けてそういったときだった。

風の音に混じって、なにかが聞こえた。

それはふたりにも聞こえたらしく、あわててわたしの方へ駆《か》け寄ってきた。

三人で、じっと一点を見つめて固唾《かたず》を飲む。

三人が同時に視線《しせん》を向けた先……それは崖下《がけした》へとつながる、あの通路の入り口に他ならなかった。

ジャリ……ジャリリリッ……ゴリゴリッ
ジャリジャリッ……ゴリゴリゴリッ

まるで重たい木箱を、太い鎖《くさり》で引きずっている……そんな音が、確実にこちらへと近づいてきていた。

ジャリジャリッ……ジャキッ……ゴリッ……ゴリゴリッ
ジャリジャリジャリッ……ゴリゴリゴリッ……ゴリリッ

その音は、どんどんはっきりとしてくる。

(すぐ近くにまで迫《せま》っている!)

そう直感したわたしたちは、そばに止めてあった車に飛び乗ると、すぐさまエンジンをかけて、音のする方に向けてヘッドライトを照射《しょうしゃ》した。

だが、そこにはなんの痕跡《こんせき》もなく、ただ崖下《がけした》へとつながる道が見えるだけ……。

「な、なんだよ、なんもいないじゃねえか。びびって損したな。

ちょっと車のライト、このままにしてさ、少し先まで見に行ってみないか?」

鈴木《すずき》は昔から、そんな風に強がって見せる癖《くせ》があった。

それを知っていながら、わたしたちはまんまと乗せられ、再び車の外へ出た。

ドアを閉《し》め、歩き出そうとした瞬間《しゅんかん》だった!

ゴリッ! ゴリッ!

ジャリリリリリリリリッ!!


わたしたちのすぐそば、それも車の真うしろあたりから、あの音が鳴りひびいた!

いつの間にかその〝なにか〟は、わたしたちの車のうしろに回りこんでいたのだ。

「うわあっ! すぐ近くにいるぞーっ!! 早く車に乗れ乗れっ!!」

わたしの声で、全員あわてて車に飛び乗り、その場から車を急発進させた。

だれもなにもしゃべらず、わたしは必死できた道を引き返し始めた。

またしばらくの間、曲がりくねった坂が続く。

いくつかのカーブを過ぎ、ここから先は坂がゆるやかになっていく……というところまできたときだった。


「あ、あ、ああーっ!!」

後部座席《ざせき》の真ん中にすわり、まえにすわるわたしたちの間から前方を見ていた、鈴木《すずき》の彼女《かのじょ》がさけび声をあげた。

彼女《かのじょ》はわたしたちの間からうでをのばし、前方を指差したまま、ぽかんと口を開けている。

わたしと鈴木《すずき》は、彼女《かのじょ》の指差す方に目をやった。

「おおっ！　なんだあれーっ!!」

そう鈴木《すずき》がさけんだ瞬間《しゅんかん》だった。

うっそうと生《お》い茂《しげ》った木々の間を、真っ白に輝《かがや》く光の玉が、まるで光の尾《お》を引くような感じで、すうっと上がっていくのが見えた。

思わずわたしは車を止め、ブレーキをふんだまま、光る玉の行方《ゆくえ》を目で追っていた。

まっすぐ空へ昇《のぼ》っていった光る玉は、地上数十メートルのあたりで勢いを失い、その場にしばらく静止した……。

と思いきや、今度はそれが地上めがけて落下してきた。

「お、おいおいおい！

なんかあれ、こっちに向かって落ちてくるぞ!」

そういってわたしはあわててギアをバックに入れ、〝相手〟の動きを見ながら、約5メートルほど車を後退させた。

……ゴオオオオオオオオオオオッ

開けはなった窓《まど》から、落ちてくる光の玉が発する音が聞こえてきた。

そして、勢いを落とさず落下してきたそれは、たったいままでわたしたちが止まっていたあたりの路上に落下した!

パシ――――ンッ!

そのとたん、光る玉はまるでガラス細工が砕《くだ》けたときのように乾《かわ》いた音を発して、四方八方に向けて、光の破片《はへん》を飛びちらせた。

その一部始終を、呆然《ぼうぜん》としたままわたしたちは見つめていた。

そんなわたしたちの目のまえで、飛び散った光の破片《はへん》は、次第《しだい》に輝《かがや》きを失っていき、数十秒後にはまるでなにごともなかったかのように、正常な世界にもどっていた。

あの闇《やみ》から聞こえたなにかを引きずる音と、砕《くだ》け散った光る玉との関係性はまったくわからない。

しかしあの晩《ばん》体験したことを、わたしは一生忘《わす》れないだろう。

犬神憑《つ》き

「実に変な雰囲気《ふんいき》の子やった。

おれは子どものころからの夢を叶《かな》えるために、あえて生まれ故郷《こきょう》の短大を志望して、足りない頭をフル稼動《かどう》して、なんとかそこにもぐりこんだんや。

初めて彼女《かのじょ》を見たのは、その短大の入学式やった。そのときから彼女《かのじょ》は不思議な存在《そんざい》やった。なんとなく、本当になんとなくやが、全体にうすぼんやりしてて、確かにそこにはいるんやけど影《かげ》がうすい……そんな感じ。

同じクラスになったことすら、気づいたのはずいぶんたってからや。部活で彼女《かのじょ》といっしょにいるメンバー以外は、みんなおれと同じように、感じていたのではないだろうか……」

わたしの怪談会《かいだん》メンバーNから聞いた、実に不思議な話を書こうと思う。

その彼女《かのじょ》は、Nが別のグループと話していると、いつの間にかグループの輪のうしろに立っていたり、授業中、何気なく周りを見わたしたら目が合ったりと、どうもNに関心があるように見えた。

出身地もちがい、〝同じ短大の同じクラス〟という以外、これといった共通点もないのに、百名以上いるクラスの中で、なぜか彼女《かのじょ》は、いつもNの視野《しや》に入ってきていた。

入学後半年が過ぎたころの、体育の時間だった。

「……ねえ」

実技試験に出る範囲《はんい》ということで、Nが真剣《しんけん》に授業を受けていると、不意に背中越《せなかご》しに声をかけられた。

「ひぇっ!」

突然《とつぜん》のことで、思わず声が裏《うら》がえった。

例の彼女《かのじょ》がぼーっと立っている。

その濁《にご》った低い声に、Nはわき腹《ばら》をぎゅっと持ち上げられるような感覚を覚えた。

「……な、なんなん?」

「ねえ……握手《あくしゅ》して」

「……へ?」

Nが、わけがわからないという表情でいうと、彼女《かのじょ》は再びいった。

「いいから、握手《あくしゅ》して」

独特な一本調子の低い声でいうと、彼女《かのじょ》は真っ直《す》ぐNの方へと右手を出してきた。

(……なんかこれは……い、いやだ)

心の中で、かつて感じたことのない警報《けいほう》音が鳴りひびく。

だが自分の気持ちとは裏腹《うらはら》に、出された彼女《かのじょ》の手に向けて、勝手にNの右手がのびていた。

彼女《かのじょ》は、自分の左手でNの右手首をぐっとつかむと、自分の右手につなげるように引き付け、まるでねじこむかのようにして、力をこめてそのままぎゅっとにぎりしめた。

「ありがとう……」

つぶやくようにそういうと、それまで無表情だった彼女《かのじょ》は、口元を少しゆがめたように笑い、足早に去っていった。

(な、なんなんやいまの!? おかしいやろ……絶対にいまのはおかしい)

Nはそう思いながら、未《いま》だ彼女《かのじょ》の温《ぬく》もりが残る自分の右手をじっと見詰《みつ》めた。

握手《あくしゅ》をした瞬間《しゅんかん》、強くにぎりしめられた圧迫《あっぱく》感とはちがう、まるで静電気が起きたときのような、ビリッとした感覚が、右うで全体に走ったからだ。

彼女《かのじょ》から話しかけられたのも、彼女《かのじょ》の笑い顔を見たのも、これが初めてだった。

ところがNは、その日を境に、強烈《きょうれつ》な眠気《ねむけ》とだるさに悩《なや》まされるようになる。

どんなに休んでも、一向につかれが取れない。

つかれているのに満足に眠《ねむ》れず、その反動で日中は常に眠《ねむ》い。

眠《ねむ》れないのには、わけがあった。

なんとかうつらうつらし始め、ああ、やっと寝《ね》られると思うと、いきなり体を激《はげ》しくゆりうごかされた気がして、はっと目が覚める……。

やっと眠《ねむ》れたと思ったら、自分の発した異様《いよう》なうなり声で飛びおきる……。はっきりとした夢を見たのに、内容をいつも覚えておらず、イメージとして、なにかおそろしいものに追い詰《つ》められたということだけは、しっかり頭に残っている……。

そんなことのくりかえしだった。

そして、そんな夜を過ごした日は、朝になるとうでがにぶくきしんだ。

それは、決まって彼女《かのじょ》と握手《あくしゅ》した右だった。


さすがに心配になり、病院に行っても、風邪《かぜ》くらいの診断《しんだん》しか下されない。処方《しょほう》された薬を飲んでも、一向に回復の兆《きざ》しは見えなかった。

その後の試験はなんとか通過したものの、常に微熱《びねつ》とだるさがつきまとい、講義も部活も強い眠気《ねむけ》との闘《たたか》いだった。友だちづきあいもおっくうになり、親しい友だちは遠のいていった。

こんな体調不良が約半年も続き、Nは心身ともに、いっぱいいっぱいになっていった。

そして、国家資格を得るための最大の難関《なんかん》である、実習の日が訪《おとず》れた。

この実習を受けなければ、国家試験を受ける権利《けんり》そのものがもらえない。子どものころからこの資格を取ることを目標にし、十数年の間、それをモチベーションにしてきたNにとって、絶対に失敗してはならない関門だった。

通常、実習期間は三日から七日程度しか貰《もら》えないものだが、実習先がNを気に入ってくれて、幸運にも一か月も実習期間が延長《えんちょう》された。

短大始まって以来の高待遇《こうたいぐう》だったが、だからこそ途中放棄《とちゅうほうき》など、絶対に許されない。体調の悪いNにとっては地獄《じごく》のような日々が待っていた。

いよいよ実習初日。

右うでに残る〝にぶいきしみ〟をかばいながら、実習道具の入った重いカバンを背負《せお》い、Nは山沿《ぞ》いの曲がりくねった道を、体を引き摺《ず》りながら歩いた。

実習は毎年６月に実施《じっし》されている。

この年の梅雨《つゆ》は例年に比べてとても長く、灰色《はいいろ》の空と雨が延々《えんえん》と続き、陽《ひ》を見ることがほとんどなかった。

靴《くつ》の中まで雨水でグズグズになりながら、Nは必死で実習先へ通った。

実習に入って半月がたつころ、梅雨《つゆ》の重苦しい季節と反比例するように、Nの体にある変化が訪《おとず》れた。

なんとなくではあるが、背中《せなか》のだるさがはがれているような気がした。

まるで玉葱《たまねぎ》のうす皮をはがすように、ゆっくりと少しずつではあるが、日を追って右うでのきしみもいっしょに消えて行くのがわかる。

そして、実習が終わるころには、すっかり体が軽くなり、Nは無事に実習を終えることができた。

(ああ、やっぱりただの体調不良やってんなぁ。実習へのストレスかなんかやろうな。体が資本やのに、体調管理の詰《つ》めが甘《あま》かったわ……)

そのときは自分の体調管理不足が原因だと結論《けつろん》づけて、Nは自分をいましめた。

実習が終われば、次はいよいよ国家試験である。

部活を引退したNは、休む間もなく試験勉強に突入《とつにゅう》した。

講義、テスト、卒業論文《ろんぶん》作成、時間を作ってクラスの友だちとの少しばかりの息ぬき……目まぐるしく毎日が過ぎていった。

そして、Nは国家試験に合格した。


それから少しのち、その日は講義室で、卒業論文《ろんぶん》の提出期限や成績証明の申請《しんせい》など、いよいよ卒業に向けての注意事項《じこう》が、学科ごとに説明されることになっていた。

「……ねぇ」

突然《とつぜん》背中《せなか》越《ご》しに、だれかが声をかけてきた。

長い説明が休憩《きゅうけい》に入り、説明にぬけはないかと、友人たちと頭をくっつけて確認《かくにん》しあっているときだった。急に声をかけられて、あわてたNは体ごとうしろをふりかえった。

そこにいたのは、例の彼女《かのじょ》だった。

「……ねえ」

同じ調子で、もう一度彼女《かのじょ》はNに呼《よ》びかけた。

「なに？　わからないことでもあったの？」

Nが聞いても、彼女《かのじょ》は表情ひとつ変えず、再び口を開いた。

「……ねぇ、握手《あくしゅ》して」

「……えっ？」

「握手《あくしゅ》してよ」

そういうと彼女《かのじょ》は、ボールペンをにぎるNの右手を強引《ごういん》に引き寄せ、自分の右手にねじこんで力任せににぎってきた。

「ちょ、痛っ!!」

Nが顔をゆがめていった。

「……ありがとう」

そうつぶやくと、彼女《かのじょ》は前回同様、講義室から足早に出ていった。

「なんだあの子!?」

「失礼ねぇ～！　あの子、いっつもあんな感じよね」

「そうそう！　だまってうしろに突ったってたりな」

呆気《あっけ》に取られているNに代わり、クラスメートたちが口々に彼女《かのじょ》の非常識さを非難《ひなん》していた。

Nは、その晩《ばん》からまた眠《ねむ》れなくなった。

半年まえと同様、背中《せなか》になにかがおおいかぶさるようなだるさと、右うでのにぶいきしみ。

卒業論文《ろんぶん》は、あと何枚《なんまい》か清書すればいいところまですませていたが、また前回同様、体が満足に動かなくなってしまった。

卒業論文《ろんぶん》は、短大の決まりで郵送《ゆうそう》ではなく自分で学生課まで持っていかなければならない。

提出期限が刻一刻《こくいっこく》と迫《せま》る中、Nはどうしても布団《ふとん》から起き上がることができないでいた。思うように動かない体に、苛立《いらだ》ちだけがつのっていく。

(このままでは卒業できなくなる!)

Nはなんとか布団《ふとん》からはいずり出し、ふらふらになりながら自転車で病院へ走った。

しかし診断《しんだん》結果は、前回と同じくつかれからくる風邪《かぜ》とだけ。

釈然《しゃくぜん》としない気持ちのまま、また自転車にまたがって家に向かう途中《とちゅう》、Nははたと思いとどまり自転車を止めた。

(忘《わす》れてた!)

Nはあることを思い出し、急いで方向転換《てんかん》した。

引き返して向かったのは、実習のためにいくどとなく通った山道だった。

Nは信心深いところがあり、実習先に向かうたびに、道沿《ぞ》いにあった氏神様《うじがみ》に、夢が叶《かな》い始めた感謝と実習中の安全をお願いしていた。

ところが実習後は、忙《いそが》しさにかまけて、無事、試験に合格したお礼のあいさつに行くのを忘《わす》れてしまっていたのだ。

ふらふらの体に鞭打《むちう》ってペダルをこぎ、鳥居の足元に自転車を寄せて境内《けいだい》へとふみいった。

手水《ちょうず》で手を清め、本殿《ほんでん》で二礼二拍手《にはくしゅ》一礼する。

(ごあいさつがおくれてしまい、大変失礼いたしました。無事実習も終了《しゅうりょう》し、国家資格も取れました。

あとは体調不良を治して、卒業論文《ろんぶん》を提出するだけです。

本当にありがとうございます!)

ゆっくりと深呼吸《しんこきゅう》してあいさつをすませると、Nは氏神様《うじがみ》をあとにした。

気にかかっていたあいさつができて、気分が落ち着いたのか、それから直《す》ぐに体調がもどってきた。残っていた卒業論文《ろんぶん》の清書をすませ、無事、学生課に届《とど》けることができた。

それからNは無事に短大を卒業し、就職《しゅうしょく》、結婚《けっこん》、子育てと、幸せな人生を過ごしてきた。

さらに十数年たったころ、Nはわたしの怪談《かいだん》の世界に出会った。

さまざまな関連本を読んでいるうちに、Nはあることを解説したところで、思わず目がとまった。

そこには〝犬神憑《つ》き〟とあった。

それはその人や家、あるいは地域《ちいき》に受け継《つ》がれるもので、安易に関わると、ターゲットの幸運を逆に〝負〟にしてしまうものだという。

そこには、具体的に負の事例が紹介《しょうかい》されており、その症状《しょうじょう》は、学生時代にNが体験したこととまったく同じだった。

実習中にNが参詣《さんけい》した氏神《うじがみ》様は『賣太《めた》神社』といい、主祭神は『稗田阿礼命《ひえだのあれのみこと》』という学問の神様であることもわかった。

その後、Nは、短大時代の友人と話していた折、ひょんなことから例の彼女《かのじょ》の出身地が四国であることを知った。

四国の他西日本の地方によっては、犬神の憑《つ》きやすい家筋《いえすじ》というのがあるという。犬神憑《つ》きの家は栄えるといわれているが、一方で何代にもわたって、犬神がその家にとりつくことから、〝犬神筋《すじ》〟と呼《よ》ばれる家は、村の人々と親交を断《た》たれてしまうことも多いという。

その彼女《かのじょ》が、本当に〝犬神憑《つ》き〟であったかどうかは、いまとなってはわからない。

しかし意味のわからない握手《あくしゅ》のあとに、Nの体調が極端《きょくたん》に悪くなったということ、そして、お礼のつもりで神様に手を合わせた直後、それらの災《わざわ》いが解消したことは、まぎれもない事実なのだ。

双子《ふたご》の姉妹

小学校三年生のとき、それまで住み慣れた東京都心をはなれ、わたしたち家族は沖縄《おきなわ》県那覇《なは》市へ移り住んだ。

住居として選んだ場所は、那覇《なは》市内の中心部にあり、なにをするにも便のいいところではあったが、そこから海が見えるわけでもなく、特に〝沖縄《おきなわ》にきた！〟と実感できることはなかった。

唯一《ゆいいつ》、沖縄《おきなわ》らしさを感じたのが、住むことになった住居。

玄関《げんかん》まえに広く取ったテラススペースや、全体が白くぬられたコンクリートにおおわれているところなど、本州では見ない造りで、わたしにとってとても新鮮《しんせん》に感じられた。

その建物の一階部分はスーパーマーケット、二階は大家さん家族の居室で、わたしたち家族が住む三階だけが賃貸《ちんたい》マンションとして使われていた。

三階には二部屋あって、ひとつにわたしたち一家が住み、もうひと部屋はずっと空室のままだったと記憶《きおく》している。

わたしにあてがわれたのは、四畳半《よじょうはん》ほどの小部屋。小さいながらも窓《まど》が二つもあって、実に明るく過ごしやすかった。

そのひとつの窓《まど》から下を望むと、そこはちょうど建物の裏手《うらて》にあたり、一面に樹木《じゅもく》が青々とした葉を茂《しげ》らせていた。

亜熱帯《あねったい》の沖縄《おきなわ》には、本州では見ることのない樹木《じゅもく》や草花も多く存在《そんざい》する。いまでは、あたりまえに室内に飾《かざ》られるようになった、観葉植物のポトスも、沖縄《おきなわ》で自生していて、葉も目を見張るほど大きかった。

その日も、いつものように、窓《まど》から裏《うら》の景色をながめているうちに、それまで気づかなかったものが目にとまって、わたしははっとした。

自然に息づくバナナの木がある。

沖縄《おきなわ》のことを知っておこうと、移住するまえに買った『沖縄《おきなわ》』という写真集に、沖縄《おきなわ》には、一般的《いっぱんてき》な南国産より小さい実のなる、島バナナという木があると書いてあった。

群生する雑多な木々に埋《う》もれて、何本かの島バナナがそこに生えていることに、わたしは全然気づかなかった。

わたしはあまりに嬉《うれ》しくて、すぐに階段《かいだん》を駆《か》けおりた。

張りめぐらされた垣根《かきね》を越《こ》えて、窓越《まどご》しにしか見たことのなかった裏《うら》の林へと、初めて足をふみいれた。

「わぁ、本当にバナナの木だ。初めて見た～」

生まれて初めて目にしたそれを、まじまじと見上げて、思わずわたしはいった。

ところが、バナナの実がどこにも見あたらない。

(まだなってないのかなぁ……。そうだ、大家さんに聞いてみよう！)

わたしはそう思い立ち、再び垣根《かきね》を越《こ》えてもどると、一階のスーパーへと走った。

そのお店は大家さんが営んでいて、営業中はいつも店頭にいるのを知っていたからだ。

「こんにちはおじさん！」

「お～上のまっちゃんね～。なにした？　そんなにあわててや～」

「バ、バナナはいつ実がなるの？」

「バナナね？　いまは4月だから、そろそろ青いのがつくころよ～。なんでね？　食べたいならほれ、そこにかかっているのを持って行きなさい」

「ちがうちがう、ありがとう、おじさん！」

〝そろそろつくころ〟というのを聞いたわたしは、それがことのほか楽しみとなり、その翌日《よくじつ》から、家へ帰るとすぐに裏《うら》の林へ走るのが日課になった。

（まだかなぁ、今日もなってないなぁ……）

そうやって、バナナが実るのを確認《かくにん》する日々が続いた。


そんなある日のこと、いつものように友だちと遊び、夕方になってみんなと別れて帰宅《きたく》し、そのまま裏《うら》の林へと向かった。

そこへ行くことにすっかり慣れたわたしは、いまでは垣根《かきね》を越《こ》えるのもお手の物になり、長年人がふみいった形跡《けいせき》のなかったそこにも、いつしかわたしがふむことでできた、けもの道のようなものが仕上がっていた。

ワクワクしながら木に近づき、大きな葉をおしのけて見る。

（ああ、今日も実はなってないかぁ）

そう思いながら肩《かた》を落とし、家へ帰ろうとして何気なく周囲を見回すと、雑木がうっそうと茂《しげ》る林のずっとおくの方に、一軒《いっけん》の家があるのを発見した。

「えっ、あんなところに家……？」

周囲は昼日中でもうすぐらく、そこだけ文明から取り残されたような空間が広がっている。

そのおくにひっそりと佇《たたず》む、一軒《いっけん》の平屋。

そんなところに、わたしが興味を持たないはずはなかった。

枯《か》れ枝《えだ》をパキポキとふみしめながら、その家へ向かって歩を進める。

その家は沖縄《おきなわ》独特の建物ではあるが、離島《りとう》などに多く見られる、赤瓦《あかがわら》がのった古民家ではなかった。

建物の様式からしてそれほど古くはなさそうだが、周囲にはツタがからまり、その下にはカビが蔓延《まんえん》しているのか、家全体がどす黒く見えてうす気味悪い。

家のまえには、木で組み上げたデッキのようなものが設《しつら》えてあるが、それも長い年月、風雨にさらされ、ところどころ柱が腐《くさ》ってしまっている。

家全体が見わたせる位置まで近づき、それらを確認《かくにん》すると、わたしはいまきた道を引き返そうとした。

その瞬間《しゅんかん》、視界《しかい》の中でなにかが動くのがわかり、足を止めた。

おどろいてそこへ視線《しせん》をやると、家の横手についた窓《まど》から、女の子がひとり、こちらをのぞいている。

目鼻立ちのくっきりとした、髪《かみ》の長い女の子。

年のころは高校生くらいだろうか……。

わたしが呆然《ぼうぜん》とそこに立ち尽《つ》くしていると、窓《まど》の中の彼女《かのじょ》がにっこりと笑いかけてきた。

そして、わたしに向かって、〝おいでおいで〟と手招きをする。

（えっ、おいでっていってるの……？　でも、どうしたら……）

わたしがそう考えあぐねていると、突然《とつぜん》デッキのところにあるドアが開いて、そこからもうひとりの女の子が顔をのぞかせた。

その子は、窓《まど》の中の子と、まったく同じ顔をしている。

「そんなところでなにをしているの？　お菓子《かし》があるから、こっちにおいで～」

外に出てきた女の子が、わたしに向かって優《やさ》しい口調で呼《よ》びかける。

こんな怪《あや》しさ満点な屋敷《やしき》に、いまなら絶対に行かないと思う。

ところが、そのときのわたしは、まんまと〝お菓子《かし》〟の誘《さそ》いに乗ってしまい、誘《さそ》われるままに、その家へと足をふみいれてしまった。

家へ入ると、そこにはふたりの女の子の他、人影《ひとかげ》は見当たらなかった。

当時はすでにあたりまえにあるはずのテレビどころか、家具と思われるものがいっさいない。

窓際《まどぎわ》近くに、古く穴《あな》の空いたソファがひとつ置かれていて、部屋へ入るとわたしは、そこにすわるように促《うなが》された。

「あなたは……島の人じゃないよね？　どこからきたの？」

「と、東京から……」

「へえ、東京、ヤマトゥからね？　東京ってどんなとこ？　なにが流行《はや》ってる？　服は？　歌は？　東京の人ってなに食べるの？　言葉もちがうんだよね？」

矢《や》継《つ》ぎ早にふたりから質問を投げかけられ、圧倒《あっとう》されたわたしは、どう返事をしていいかわからず、ただ下を向いてだまっていた。

すると突然《とつぜん》ひとりの方がいった。

「あのね坊《ぼう》や、悪いんだけどちょっと肩揉《かたも》んでくれる？」

わたしがいわれるがままに、その子のうしろへ回って肩《かた》を揉《も》んでいると、もうひとりの子がその横にならんでうしろを向き、「次はあたしもお願いね」といった。

ふたり合わせてものの五分くらいだろうか、明かりもない殺風景な部屋で、わたしはおかしな依頼《いらい》を全《まっと》うした。

「そろそろ家へ帰る」

肩《かた》もみを終えると、わたしはそういって立ち上がった。

すると女の子がそばへきて、すっとこちらへ手をのばしてきた。

「はいこれ。お駄賃《だちん》ね。また明日《あした》もおいでね。それからね、ここへきたことは絶対だれにも喋《しゃべ》らねーらんで」

そういって、わたしになにかを手わたしたが、その場ではそれがなんなのかわからずにいた。

日が落ちかけ、ますますその暗さを増した林の中を、わたしは自宅《じたく》へ向かって歩いた。

歩きながら、さっき女の子がくれたものに、何気なく鼻を近づけてみる。

そこからほんのりと、甘《あま》い香《かお》りが漂《ただよ》ってくるのに気がついた。

家へもどったわたしは、それをテーブルの上に置くと、洗面所《せんめんじょ》に手を洗《あら》いに行った。

茶の間の方から、両親の会話が聞こえてくる。

「なんだ、ちんすこうじゃないか。どうしたんだ、これ？」

「あの子が持って帰ってきたんですよ。きっとだれかにもらったんでしょう」

ちんすこうとは、小麦粉とラードと砂糖を使った沖縄《おきなわ》のお菓子《かし》だ。その当時はみんな同じ味だったが、いまではチョコレートやチーズ、ベニイモなど、さまざまな味のバリエーションが存在《そんざい》する。

バナナのことはもとより、双子《ふたご》の姉妹に会うのも楽しくなり、それからというもの、わたしは一週間ほどの間、一日も欠かさずその朽《く》ちた家へと通い続けた。

同じ話をし、最後にふたりの肩《かた》を揉《も》んで、ちんすこうをひとつもらって帰ってくる。毎日、そのくりかえしだった。

そんな単純《たんじゅん》なことに、そのときなぜ楽しみを感じていたのかは、いま考えても不思議としかいいようがない。


そして七日目。

わたしがまた裏《うら》の林へ向かおうと階段《かいだん》を下りていると、大家の息子《むすこ》である哲也《てつや》と鉢合《はちあ》わせになった。

「どこか行くの？」

「えっ……ああ、ちょっと……」

わたしはお茶をにごした。

「まっちゃん！」

哲也《てつや》が少しボリュームをあげて、わたしの名を呼《よ》んだ。

「な、なに？」

「あのさ。ここ最近、裏《うら》の林へ入ってるよね？　なんで？　なにしに行ってるの？」

「バ、バナナが……」

「バナナ？　バナナがなに？」

「バナナの木を見に行ってるんだよ」

「毎日ね？　なぜ毎日わざわざそんなものを……」

哲也《てつや》に執拗《しつよう》なまでに追及《ついきゅう》されたわたしは、思わず約束を破り、彼女《かのじょ》たちのことを話してしまった。

「じ、実はね、林のおくにある家に……」

わたしがここまでいいかけたとたん、哲也《てつや》は一瞬《いっしゅん》引きつったような面持《おもも》ちになったかと思うと、まるでにげるようにして自宅《じたく》へ帰ってしまった。

直後にわたしは、彼女《かのじょ》たちとの約束を破った罪悪感と、哲也《てつや》の変貌《へんぼう》ぶりがおそろしくなり、そのまま階段《かいだん》を駆《か》け上がると、自分の家へにげかえった。

それから、十分もたったころだ。

ガツッガツッガツッガツと、コンクリートの階段《かいだん》を、激《はげ》しい歩調で上がってくる足音がひびいてきた。

ドンドンドンッ
直後に玄関《げんかん》のドアをたたく音がして、母があわてて対応に出る。

ドアの向こうに、大家さんが立っている。

ところが、いつもやさしい大家さんの顔が、そのときは紅潮《こうちょう》して、にこやかな笑顔《えがお》はどこにもなく、一瞬《いっしゅん》わたしの方をにらんだあと、母に向けていった。

「いま哲也《てつや》から聞いて、おどろいてやってきました。

おたくの息子《むすこ》さんが、裏《うら》の林に立ち入り、そのおくにある家へいたずらに通っているようです！

今後、裏《うら》の林には絶対に、絶対に立ち入らないように！」

そしてわたしの方へ向きかえり、ぐっとにらむと「わかったか！」と、鬼《おに》の形相ですごんだ。

わたしと母は呆気《あっけ》にとられ、ただうんうんと、首を縦《たて》にふるのがせいいっぱいだった。

すると大家さんは、少しいいすぎたと思ったのか、急に表情を和《やわ》らげた。

「なぁまっちゃん。なにもあんな汚《きたな》い家へ行かなくても、ちょっと歩けばきれいな海があるさ。もう二度とあそこへは、行っちぇ〜ならんど」

そして母にこう付けくわえて、ひきあげていった。

「だんなさんが帰られましたら、一度うちへおいで下さるようお伝え願えますか？

そのとき、ちゃんと説明しましょうね」

当然、わたしはそのあと、母にこっぴどく叱《しか》られ、しばらくの間、外出禁止令が敷《し》かれた。

夜、帰宅《きたく》した父は大家さんの家へ向かい、数十分後にもどってきた。

父はなんともいえない顔つきになっていて、わたしは再び叱《しか》られるのがいやで、自分の部屋へとにげこんだ。

そのあと、父からも母からも、そのことについてなにかいわれることはなかったが、わたしもなんとなく自分からその話をする気にはなれず、消化不良なまま約一年後、わたしたち一家は沖縄《おきなわ》をはなれた。

それから二十年近くもたって、たまたま母と沖縄《おきなわ》時代の話をしているときだった。

「あなた、なんで裏《うら》の林になんか行ってたの？」

母もずっと〝消化不良〟だったのだろう、当然といえば当然といえる質問をしてきた。

そこでわたしは、当初はバナナの木が目的であったが、そのあとに林のおくに一軒《いっけん》の家を見つけ、そこに住む双子《ふたご》の姉妹とのやりとりを語って聞かせた。

わたしが〝双子《ふたご》の姉妹〟というと、母の顔が見る見る青ざめていく。

「あ、あなた……それ本当なの？　本当に双子《ふたご》の姉妹が……」

そこまでいって、母は呆然《ぼうぜん》とした顔で空をながめている。

わたしの話にうそはなかった。

本当にそっくりそのまま、あのころ体験したことだと告げると、今度は急に悲しげな顔をしていった。

「あの晩《ばん》お父さんが、大家さんに聞いてきた話だけど……。

まだ子どもだったあなたには聞かせまいとして、結局いまのいままでだまってたのよね。

あの裏《うら》の林のおくにあった家はね、あの大家さんの持ち物で、借家として以前は貸していたそうよ。

ところがあの家へ強盗《ごうとう》が入ってね。

そのときたまたま留守番をしていた、双子《ふたご》の姉妹が……刺《さ》し殺されたんだって……」

悲しくもおぞましい、幼《おさな》きころの思い出だ。

命の代償《だいしょう》

アメリカの中西部に位置するカンザス州。

グレートプレーンズと呼《よ》ばれる大平原地帯の真っただ中にあり、農業と牧畜《ぼくちく》が盛《さか》んなところである。

州都はトピーカといい、町の方々にはバッファローの牧場を多く見かける、実にのんびりとしたのどかな町だ。

良質な小麦が多く取れることから、〝アメリカのパンかご〟と呼《よ》ばれ、アメリカの田舎《いなか》町の代名詞《だいめいし》といえる存在《そんざい》である。

その町にサントス・ファミリーという、メキシコからの移民の大家族が住んでいる。

製材業を生業《なりわい》としているのだが、長男のエンリケは、わたしが依頼《いらい》するアメリカ車の中古車リサーチを、かいがいしく請《う》け負ってくれていた。

当時、輸入車の専門《せんもん》ショップを営んでいたわたしの元に、ある日、超《ちょう》レア車の注文が入った。

その車は、日本国内には一台の登録履歴《りれき》もなく、探《さが》すのは困難《こんなん》を極《きわ》めるレア中のレア。

困《こま》り果てたわたしは、頼《たの》みの綱《つな》であるエンリケに助けを求めた。

「ああ、その車なら近所に持ってる奴《やつ》がいて、つい先日、売りたがってたな」

「ほ、本当かい!?」

あっさり見つかって、わたしはこおどりした。

「ああ本当さ。でも……」

「でも？」

「車が車なだけに、写真ではなかなか状況《じょうきょう》を伝えられない。

一度こっちに見にこないか？　そっちに着いてから『こんな筈《はず》じゃなかった』ではすまないからな」

たしかにレア中のレア車を、現物を見ずに買うのも心配だし、久しぶりにエンリケの顔も見たい。

わたしは早速《さっそく》チケットを取ると、数日後には、カンザスへ向けて出発した。

日本からカンザスへの直行便はないため、一度ダラスで乗り継《つ》ぎをしなければならない。

約十八時間後、空港に降《お》り立つと、すでにエンリケがむかえにきてくれていた。

坊主《ぼうず》頭に濃《こ》い眉毛《まゆげ》とあご髭《ひげ》。懐《なつ》かしい顔がそこにいた。

「とにかく、まずはうちへ行こう！」

エンリケに誘《さそ》われ、彼《かれ》の車に便乗した。

サントス家に着いてみると、そこはまるで宴会場《えんかいじょう》のようになっている。

「いったいなんの騒《さわ》ぎだ？」

おどろいたわたしは、エンリケにたずねた。

「なにいってんだよ。おまえがくるからって、みんなで集まったんじゃないか。

というより、東洋人が珍《めずら》しいだけかもな！」

そういってエンリケは大笑いしている。


ワンワンワンワンワンワンッ!!

車から降《お》りて庭に近づくと、ものすごい勢いで、沢山《たくさん》の犬たちが出むかえてくれた。

見るとすべてピットブルだ。

ピットブル。正式にはアメリカン・ピット・ブル・テリアという。

アメリカで闘犬《とうけん》用に改良された、大変気性《きしょう》のあらい犬種である。

「おいおい、ずいぶんいるんだなぁ」

あまりの勢いに少したじろぎながら、わたしは聞いた。

「ああ、全部で13頭いる」

「そんなにいるのか！　全部闘犬《とうけん》に？」

「もちろんだ。すべて賞金稼《かせ》ぎだよ。おれは反対してるんだが、親父《おやじ》がいうことをきかねえ」

わたしは幼《おさな》いころから大の犬好きで、それを人間の娯楽《ごらく》のためにたたかわせて勝敗を競《きそ》うなど、到底《とうてい》考えも及《およ》ばないことだった。

アメリカでの闘犬《とうけん》は、どちらかが死ぬまでたたかわせるデスマッチも多く、またトレーニング方法や、勝たせるための手段《しゅだん》に残酷《ざんこく》な方法が多いことから、ほとんどの州で禁止されている。

しかし巨大《きょだい》な金が動く手軽なギャンブルとして、根強い人気があるという。

「なんだか……かわいそうだな」

わたしがなんとなくそうつぶやくと、サントス家の主人、エンリケの父親であるダニエルがいった。

「おいおいなにいってる？　こいつらは、そのために生まれてきたんだぞ」

ダニエルの言葉を聞いたとたん、いかりがこみ上げ、思わず目のまえにいる〝ヒゲおやじ〟の胸《むな》ぐらをつかみそうになったが、わたしはぐっとそれをおさえた。


その日は旅のつかれもあって、早めに休ませてもらい、翌日早朝《よくじつそうちょう》、エンリケに連れられ、目的の車を見に行った。

目にした車は、思いの外状態がよく、その場でオーナーと値段交渉《ねだんこうしょう》。無事に交渉《こうしょう》は成立し、わたしはさっそく、日本へ輸出するためのさまざまな手続きに入った。

車のオーナーであるフェルナンドは、大変な日本びいきで、家の中には博多《はかた》人形やこけし、模造品《もぞうひん》の甲冑《かっちゅう》など、さまざまな〝日本文化〟が飾《かざ》られている。

「よかったな中村！　これ以降《いこう》は、当人同士で上手《うま》いことやってくれ」

エンリケの言葉通り、フェルナンドとわたしは、それ以降《いこう》大変仲良くなり、その付き合いは現在に至《いた》っている。

カンザスでの滞在《たいざい》を終え、日本に帰ってしばらくすると、フェルナンドから一本のメールが届《とど》いた。

「先日はありがとう。車はいまごろ、航海上にあるだろうな。到着《とうちゃく》を楽しみに待っていてくれ。ところで、少々サントス家族のことで伝えなきゃならないことがある。

エンリケからはなにか聞いているか？」

わたしは「なにも聞いていない」と返信した。

するとフェルナンドから、おどろくべき内容のメールが届《とど》いた。

「実はあのあと、サントス家の主人であるダニエルが警察《けいさつ》に逮捕《たいほ》された。容疑《ようぎ》は殺人教唆《きょうさ》だ。なんでも、家業である製材業の卸《おろし》先の一軒《いっけん》から代金をもらえず、それを町のゴロツキに頼《たの》んで取り立てを行った。

ところが、話がこじれてしまい、そのゴロツキが相手を殺しちまったんだ。

それだけじゃない。

警察《けいさつ》はその後、証拠《しょうこ》不十分でダニエルを釈放《しゃくほう》したんだが、ダニエルはその足で森へ入り、灯油をかぶって火をつけ、焼身《しょうしん》自殺を遂《と》げた……」

わたしの知らないところで、とんでもないことになっていた。

おどろいたわたしはすぐにエンリケに電話したが、一向につながる気配はない。

わたしはそれをメールでフェルナンドに伝えると、彼《かれ》は再び、思ってもみない返事をよこしてきた。

「実はな中村。わたしはこのたびのことはなんとなくではあるが、予想していたことなんだ。

おまえが先日こちらへきたとき、サントス家のすぐとなりに、まえまではなかったはずの小屋ができてたのに気づいたか？

実はあれは、ダニエルが考案したタコスの出店だったんだ」

そういわれれば確かに、以前はなかった、三角屋根の小屋があったのをわたしは思い出した。

「その店を任せていたサンチェスという男がいるんだ。

元はメキシコで料理人をやっていたというが、なんともうさんくさい男だった。その男、ふだんはいい男なんだが、酒を飲むとたんに人が変わったように暴れ出す、いわゆる酒乱《しゅらん》でな。そいつがある日、町で暴れ出して、数人と喧嘩《けんか》になり、相手を刺《さ》し殺しちまった。そしてな、そのサンチェスもまた、森ににげいって灯油をかぶり、焼身《しょうしん》自殺したんだ。

ダニエルが死んだ、同じ森でだよ」

フェルナンドのメールにあった、最後の一行がおそろしく見えた。

わたしは、至《いた》ってふつうの疑問《ぎもん》を返した。

「なぜその森なんだろうか？　そこには、なにか曰《いわ》くでもあるのか？」

数分後、返ってきたフェルナンドのメール。

それを読んだときの驚愕《きょうがく》と憤《いきどお》りは、いまでも忘《わす》れない。

「サントス家では、ピットブルを使って闘犬《とうけん》をやっているのは知ってるな。

わたしは動物愛護の観点からいって、『そんなことやめろ！』と何度も進言してきたんだ。

だが彼《かれ》はそれを鼻で笑い、まるでわたしを腰《こし》ぬけのようにあざわらった。

ある日、わたしが自分の愛犬を連れてあの森へ入って行くと、森のおくの方からキャンキャンという子犬の鳴き声がする。

なにかと思っておくへ入って行くと、そこにはダニエルがいて、何本かの木を組み上げ、焚《た》き火をしているのが見て取れた。

中村。わたしはそこで見たものを、いまでも夢に見るんだ……。

なんとあの男は、ごうごうと燃え上がる火の中に、生まれたばかりの子犬たちを投げこんでいたんだ……」


それを見たフェルナンドはダニエルに飛びかかり、うでずくでそれを阻止《そし》しようと試みた。

だが、すでにすべて子犬は火中にあり、助け出すことはできなかった。

その場にすわりこみ、涙《なみだ》を流すフェルナンドに向けて、半ばうす笑いをうかべながらダニエルはいった。

「いいかフェルナンド。闘犬《とうけん》にメスはいらんのだ。

こんなものを置いとけば余計なえさ代はかさむし、オスどもが落ち着かなくていかん。いわばこいつらはゴミだよゴミ」

尊《とうと》い命をもって生まれた子犬をゴミとあざけり、それを火の中に投じる男。

その男もまた同じ森に入り、そこで自ら火をつけて焼け死んだ。

単なる偶然《ぐうぜん》でかたづけるには、あまりなできごとだろう。

小さいおじさん

三十年ほどまえ、交友のあった人物に、山口という男がいた。

彼《かれ》は鹿児島《かごしま》の出身であり、目鼻立ちのくっきりしたいい男で、いまでいうところの〝イケメン〟。

おくさんとふたり、たった二台のトラックで運送業を始めたが、わたしと出会ったころには、百台以上のトラックを保有する中堅《ちゅうけん》クラスの運送業者となっていた。


ある日、わたしは彼《かれ》に誘《さそ》われて、久しぶりに食事に行くことになった。

向かった先は、地元でも美味《おい》しいと評判の鰻《うなぎ》屋。

時間通りに到着《とうちゃく》し、仲居さんに案内されて、おくの座敷《ざしき》に通されると、すでに山口が待っていた。

「久しぶりだね～」

山口がにこにことほほえんでいった。

「お元気そうでなにより」

お座《ざ》なりなあいさつを交《か》わし、わたしは山口の正面にすわった。

その瞬間《しゅんかん》、なにかがわたしのひざのあたりをさわさわっ……とさわった。

そしてあぐらをかいたわたしの足の間に、ぽんっと上がってくる感覚があった。

それには犬や猫《ねこ》のような重みはなく、まるで小さなぬいぐるみのような感じ。

はっとしてわたしは視線《しせん》をやったが、そこにはなにものってはおらず、同時に感じた感覚も消えている。

（なんだ……気のせいか……？）

お茶を持って現れた仲居さんに注文して、ここから数十分は、ただただ鰻《うなぎ》が焼きあがるのを待つ。

「中村さんとこも、最近忙《いそが》しそうだね。

実は最近、うちではできない仕事がまいこんでね。今日はそんな話もしたいと思ってさ」

山口はそういいながらタバコに火をつけ、座卓《ざたく》のすみにあった灰皿《はいざら》を手前へ手繰《たぐ》り寄せた。

そのときだった。

「あっ!!」

一瞬《いっしゅん》ではあるが、灰皿《はいざら》の陰《かげ》から突《つ》き出た、小さな人間の手のようなものがわたしの目にとまった。

先ほどの足の感覚もあり、わたしはそれらが到底《とうてい》無関係とは思えず、おどろきのあまり声を発してしまった。

「どうしたの、中村さん?」

極《きわ》めて冷静な声色《こわいろ》で、山口が聞いてきた。

(どうやって説明するのが正しいか……それ以前に、こんなことをいって怪《あや》しまれはしないか……?)

どうしたものかと、しどろもどろになっているわたしを見て、山口は静かにこんなことをいいだしたのだ。

「おれはね、中村さん。

以前にも話したと思うんだけど、ずいぶんまえに、うちの女房《にょうぼう》とふたりで会社をおこしてね。当時はおたがい満足に顔も合わさないほど、日本中をトラックで駆《か》け巡《めぐ》ってたんだ」

「な、何度も聞きましたよ、それ。そんなことよりいま……」

わたしがあせっていうと、山口はそれをさえぎっていった。

「だまって聞いてくれ。

あれはおれが京都への荷物を請《う》け負い、それを届《とど》けるために、深夜の国道一号線を走っていたときのことだ。

眠気《ねむけ》覚ましに、途中《とちゅう》の自動販売機《はんばいき》で缶《かん》コーヒーを買ったんだ。

それから再び走り出すと、視線《しせん》の中になにか動くものが映《うつ》りこんできた。

それは車外じゃなく、いま自分がハンドルをにぎっている、トラックの車内に見えるんだ。

進行方向に目を向けながらも、おれは横目でその『動くもの』を追った」

山口はいったん会話を切って、大きく息を吐《は》いた。

「するとね、中村さん。

助手席のダッシュボードの上に、わらわらと蠢《うごめ》くものがあってね。

一瞬《いっしゅん》、なにか動物が入りこんだか！　と思ったんだけどね……視線《しせん》を向けると、それ……人間だったんだよ」

ふつうなら（このおじさんだいじょうぶか？）と思うところだ。

だがいまのわたしには、それを笑えるような余裕《よゆう》はなかった。

さらに山口は続けた。

「それもね、中村さん。

そこにいるのがすべて、年配の男性……それも、作業着を着たおじさんなんだよ。

おれは路肩《ろかた》に車を寄せて、あわてて車を止めてさ、車内灯をつけてすぐに見直したんだけど、すでに姿《すがた》は消え去ってたんだ。

その後はなんだか気持ち悪くてね。

目的地に着くとすぐに荷物を降《お》ろして、近くにあったガソリンスタンドに駆《か》けこんだんだ。

そこでもう一回、車内をくまなく捜《さが》したんだけど、やっぱりそんなものはどこにも隠《かく》れちゃいなかったよ。

ところがね、それが居たところを雑巾《ぞうきん》で拭《ふ》こうと思って目をやると、埃《ほこり》が積もったダッシュボードの上いっぱいに……小さな足形が付いてたんだ。

そのとき初めて、『ああ、自分が見たのは幻《まぼろし》じゃなかったんだ』と確信したね」

あたりまえでない話の連続に、一瞬《いっしゅん》、呆気《あっけ》にとられたが、わたしはなんとか気持ちを切り替《か》え、先ほど自分が体験したことを山口に伝えようとした。

すると、まるでそれを察知したかのように、山口がいった。

「すまないね。

それからというもの、それが色んなところに現れてさ。ときどきおかしないたずらをするんだよ」

そういい終えると、山口は冷めかけたお茶をすすり、二本目のタバコに火をつけた。

それ以降《いこう》、彼《かれ》とは会っていない。

見えない訃報《ふほう》

いまから数十年もまえのこんな話を、母は静かに語って聞かせてくれた。

母の知り合いに良夫《よしお》と美奈子《みなこ》というカップルがいた。

片田舎《かたいなか》で知り合ったふたりは、結婚《けっこん》の約束を交《か》わし、しばらくは共に寄り添《そ》い、人も羨《うらや》むような仲睦《むつ》まじい生活が続いていた。

ところが、表面的には明るくふるまっていた良夫《よしお》には、美奈子《みなこ》にはいえない秘密《ひみつ》があった。

それは、良夫《よしお》が営む喫茶店《きっさてん》を開業するときにかかえた、多額の借金。

当時は、高額な金利で金をせしめる悪徳金融《きんゆう》が多く存在《そんざい》していた。

銀行よりもかんたんに借りられることから、良夫《よしお》もそうしたところから安易に開店資金を調《ちょう》達《たつ》していたのだ。

日々稼《かせ》いだお金は、月末にはそっくり借金取りに持っていかれる……。当然そのことを美奈《みな》子《こ》にはいえるはずもなく、稼《かせ》いではらい稼《かせ》いではまたはらうという、先の見えない状態が続いていた。

それまではなんとかかんとかやってきたが、近所に大きな深夜までやっている喫茶店《きっさてん》ができて、良夫《よしお》の店は収入《しゅうにゅう》が激減《げきげん》。

いよいよ月末に控《ひか》えたさまざまな支はらいも、満足にできない状態になっていった。

(どうしたらいいんだ……おれはいったいどうしたら……)

そして考えに考え、良夫《よしお》が出した結論《けつろん》は、すべてを捨《す》ててにげるということだった。

ひとり残された美奈子《みなこ》は戸惑《とまど》った。

くる日もくる日も良夫《よしお》の所在を捜《さが》し歩いた。

毎日のようにかかってくる借金取りからの電話や、それまでにお世話になった人たちからの冷たい視線《しせん》に、たったひとりで耐《た》えしのんだ。

そんな仕打ちを受けながらも、美奈子《みなこ》は良夫《よしお》のことを信じていた。

「もういいかげんあきらめなさい。あなたを裏《うら》ぎってにげだした男じゃないの！」

見るに見かねたわたしの母がそういっても、美奈子《みなこ》は、「よっちゃんは絶対に帰ってくる」の一点張り。

しかし、結局良夫《よしお》がやっていた店も人手にわたり、美奈子《みなこ》は夜の街で働き出した。

弱り目に祟《たた》り目とはよくいったもので、美奈子《みなこ》が働き出して間もなく、彼女《かのじょ》はひどい体調不良におそわれるようになる。

周囲の者も心配し、なんとか病院に行くよう勧《すす》めるのだが、当の本人はなかなか行こうとしない。

「あなたがいまたおれてしまったら、それこそよっちゃんが帰る場所がないじゃないの！

医者に診《み》てもらって、なんでもないならそれでいい。

わたしが付いて行ってあげるから、とにかく一度受診《じゅしん》しなさい」

そう母がさとすと、ようやく美奈子《みなこ》は、数日後、母につきそわれて、市内にある総合病院を訪《おとず》れた。

母は心配はしていたものの、疲労《ひろう》が嵩《かさ》んで衰弱《すいじゃく》しているのだろうくらいに考えていた。

ところが診察《しんさつ》は思いのほか長時間にわたり、結局その日のうちに、検査結果は出なかった。

すると帰り際《ぎわ》、医師がそっと母を呼《よ》んでこういった。

「ご家族の方ですか？」

家族ではないが、美奈子《みなこ》は天涯孤独《てんがいこどく》なので、自分が唯一《ゆいいつ》の身内のつもりだと答えると、医師は検査結果を母に伝えるといった。

「もしかして悪い病気ですか？」

そうたずねた母に、医師から残酷《ざんこく》な言葉が返ってきた。

「現段階《げんだんかい》ではまだ確定ではありませんが、十中八九ガンでしょう……。おそらくすでに手の施《ほどこ》しようがないくらい進行しています。持ってあと三か月……」

母は愕然《がくぜん》としたが、とにかく美奈子《みなこ》にさとられてはいけない。

気を取りなおして、なに食わぬ顔で先に帰った美奈子《みなこ》の待つ家にもどった。

その数日後、母に告げられた美奈子《みなこ》の病名は膵臓《すいぞう》ガン。しかもすでにいたるところに転移が見られるとのことだった。

母は悩《なや》みに悩《なや》んだ。

いっしょに検査に行ったときに、美奈子《みなこ》から、たとえどんなに重い病気であろうと、結果は必ず教えてといわれていたからだ。

あとから考えると、美奈子《みなこ》は自分の病気をなんとなく予感し、母のところに結果報告がくることを知っていたのかもしれなかった。

母は考えぬいた末、美奈子《みなこ》本人に、医師から聞いたままを伝えることにした。

自分が末期ガンであること。

それが全身に転移しており、余命幾《いく》ばくもないこと。

すべてを知っても美奈子《みなこ》は、取りみだすこともなく実に落ち着いていて、優《やさ》しく笑って母にこういった。

「ありがとう、みさちゃん」

その日のうちに、美奈子《みなこ》は身の回りをすべて整理し、痛《いた》みを和《やわ》らげるためだけの闘病《とうびょう》生活を余儀《よぎ》なくされた。

見た目にもあきらかなほど、日に日にやせ衰《おとろ》えていく美奈子《みなこ》。

ときおりおそいくる強烈《きょうれつ》な痛《いた》みに耐《た》えながらも、美奈子《みなこ》は片時《かたとき》も良夫《よしお》の残したお守りを手放さなかった。

「よっちゃんに逢《あ》いたい……最期《さいご》に一目でいいから、よっちゃんに逢《あ》いたい……」

母がみまいに行くと、うわ言のようにそういっていた。

そして検査してからぴったり三か月後。

美奈子《みなこ》はひとりさびしくこの世を去った。

だれに看取《みと》られることもなく、心底愛した男に逢《あ》うことも叶《かな》わぬまま、実にさびしい旅立ちであった。

翌日《よくじつ》、美奈子《みなこ》の住んでいたアパートで、しめやかに通夜《つや》が執《と》り行われた。

集まったのは生前、美奈子《みなこ》が心を許していた数人の友人と、勤《つと》めていた店の関係者だけ。

せまい部屋の中にこしらえられた粗末《そまつ》な祭壇《さいだん》、せめてろうそくと線香《せんこう》を絶やさぬようにしようと、集まった者たちで声を落として、美奈子《みなこ》の思い出話をしていた。

時計の針《はり》はじきに、夜中の十二時を指そうとしている。

そのときだった。


ガンガンガンガンガンガン……


アパートの鉄の階段《かいだん》を、だれかが勢いよく駆《か》け上がってくる音が聞こえてきた。

板張りのろうかを早足で、美奈子《みなこ》の部屋に向かってくる。

(こんな時間に弔問《ちょうもん》客……?)

その場にいただれもがそう思い、顔を見合わせている。

足音はそのまま、いちばんおくにあるこの部屋へ向かって、止まることなくどんどん進んできた。

「美奈子《みなこ》っ!」

そういいながらドアを開けて入ってきたのは、彼女《かのじょ》を置き去りにしてこの街から去った、良《よし》夫《お》その人だった。

呆気《あっけ》にとられる参列者を尻目《しりめ》に、良夫《よしお》はあわてて部屋へ上がりこむと、いまは祭壇《さいだん》のまえで冷たくなっている美奈子《みなこ》と対面した。

「なんでっ！ なんでだ、美奈子《みなこ》ーっ!! うわああああああ！」

その場に集まった者の中には、良夫《よしお》をうらんでいる者もいた。

母もいまこの瞬間《しゅんかん》まで、そう感じていた。

しかしあまりの展開《てんかい》に、だれひとり恨《うら》み言をいうこともなく、ただ泣きじゃくる良夫《よしお》の背中《せなか》を見つめていた。


しばらくして、母はあることに気づいてぎょっとした。

あろうことか、まるで美奈子《みなこ》の葬儀《そうぎ》に合わせたかのように、良夫《よしお》は真っ黒なスーツを着ているのだ。

携帯《けいたい》電話もない時代。

ましてや良夫《よしお》がどこに住んでいるのかさえ、だれも知らなかったのだから、良夫《よしお》に美奈子《みなこ》の訃報《ふほう》を知らせようがなかった。

なのになぜ、良夫《よしお》はこのタイミングで喪服《もふく》まで着て現れたのか……。

そこにいる全員が、不思議に感じていた。


泣きじゃくっていた良夫《よしお》も、すこしずつ落ちつきを取りもどしはじめた。

良夫《よしお》は参列者の方に向きかえると、両手をついて、深々と頭を下げた。

そしてすべてをなげうって、この街を出たあとのことを、ぽつぽつと話しはじめた。


良夫《よしお》が向かった先は、大都会東京。

数年まえにあることで知り合った男性を頼《たよ》り、良夫《よしお》は裸一貫《はだかいっかん》、東京で出直そうと決めた。

事情を知った男性は、良夫《よしお》に一軒《いっけん》のナイトクラブを任せ、彼《かれ》はそこの店長として働くようになった。


「一昨日《おととい》の晩《ばん》のことでした。

仕事中に急に美奈子《みなこ》のことが頭からはなれなくなり、なにをしていても、だれと話していても彼女《かのじょ》の顔がうかぶんです。

　どんどんその感覚が強くなっていって、しまいには『美奈子《みなこ》に逢《あ》いたい！　なんとしてでも美奈子《みなこ》の元に向かわねば！』という思いに駆《か》られたんです……」

　良夫《よしお》は仕事が終わると、その日の売り上げをバッグに詰《つ》め、仕事着である黒服から着替《きが》えもしないで、その足で夜汽車に飛び乗ったと話した。

「きっと……きっとね。美奈《みな》ちゃんが呼《よ》んだにちがいないね」

　母は最後にそういうと、少しさびしそうに窓《まど》の外をながめていた。

アロワナ

いまから二十年近くまえのことだが、わたしはどういうわけか熱帯魚に夢中になったことがある。

家の中には二十個近くの水槽《すいそう》がならび、さながら水族館のようになっていた。

さまざまな熱帯魚専門《せんもん》ショップに足しげく通っては、めずらしい種類の魚が入荷《にゅうか》するのを心待ちにしていた。

気持ちはまるで、ミニカーを集める子どもと同じだった。

特にわたしが熱中したのは、アジアアロワナ。

諸説《しょせつ》あるが東南アジア原産の魚で、金や赤などの色や、龍《りゅう》に似たその形から縁起《えんぎ》がいいとされており、中国文化圏《けん》で珍重《ちんちょう》され、品種改良が進められてきた。

中でも、発育が進むにつれ、全身が真っ赤になる血紅龍《シェホンロン》が大好きで、稚魚《ちぎょ》のうちから何匹《なんびき》か買いこみ、それぞれの水槽《すいそう》に入れて丹精《たんせい》こめて育てていた。

ところがこの魚、〝えさやり〟ということでは、少々困《しょうしょうこま》った面がある。

というのは、この体表の美しい紅色《べにいろ》を出すためには、どうしても〝生き餌《え》〟、つまり〝生きているえさ〟が不可欠だといわれているのだ。

コオロギやバッタのような虫や、メダカや金魚などの小さな魚を、生きたまま与《あた》えるのだ。

血紅龍《シェホンロン》コレクターの中には、生きたラットを与《あた》える者までいると聞いたことがある。

わたし、実はこれがまったくだめなのだ。

こんな魚を飼っていながら、どうしても生き物が、生きたまま食われる姿《すがた》を見ていられない。

以前ある店で、水槽《すいそう》の中を必死ににげまわるかわいらしい金魚を、アロワナがうしろから順に飲みこんでいく姿《すがた》を目撃《もくげき》して、その光景がどうしても頭からはなれないのだ。

そこでわたしはなじみの専門店《せんもんてん》にたのみこみ、水槽《すいそう》の中で死んでしまった金魚などを、急速冷凍《れいとう》しておいてもらい、それを与《あた》えることにしていた。

ある日のこと。

東京都下にある大型の熱帯魚専門《せんもん》ショップで、わたしはひとりの男性と知りあった。

「おたくも好きなんですね、アロワナ」

わたしが、店内の水槽《すいそう》をのぞいていると、不意にうしろから声をかけてきた。


男は名前を丸山といい、わたしと同年代で、見た目はちょいワルな感じ。

「ええ、大好きですよ」

「何匹《なんびき》お持ちです?」

「今は三匹《さんびき》ですね……。これ以上は無理かなぁ」

しばらく自分たちのアロワナの話をしたあと、話題はエサの話に移っていった。

「実はわたしは生き餌《え》が苦手で……」

そういいかけると、突然《とつぜん》丸山は真剣《しんけん》なまなざしになり、ひとつため息をついたあと、こんなことをいいだした。

「あのね、中村さん、それは人間のエゴってもんですよ。こいつらは、自然界では生きた魚や虫を食らう魚なんだ。それを人間の勝手で、死んだ魚に換《か》えられたら、たまらんでしょう?」

「では丸山さんは、ひんぱんに生き餌《え》を?」

「当然ですよ。毎日生きた金魚を与《あた》えてます。ときにはムカデなんかもね」

「ム、ムカデもですか!?」

「その辺を探《さが》せば、ムカデなんかいくらでもいますよ。実にいい色が出ますよ。あなたもやってごらんなさい」

なんだかいたたまれなくなったわたしは、話もそこそこに、早々《そうそう》にその場を立ちさった。

それ以降《いこう》も、丸山とは、その専門《せんもん》ショップで出くわした。アロワナのほかに、車の趣味《しゅみ》もわたしと合い、何度か食事にもさそってもらうようになった。


ところが、ある日を境に、丸山はぱったりと姿《すがた》を見せなくなる。

気になったわたしは、専門店《せんもんてん》のスタッフにたずねてみることにした。

「ああ、丸山さんですね。なんでも彼《かれ》、良くない仲間に追われてるとかで、しばらくこられないようなことはいってましたね……。

確かに、建設会社を営んでるとは聞いてましたが、ちょっと危《あぶ》ない感じの人ですもんね」

そんなことを聞いているすぐ横で、自動ドアが開くのがわかった。

入ってきたのは、なんといま、うわさをしていた丸山本人だった。

「おお、中村さん中村さん、ちょうど良かった～」

「どうしたんです、血相を変えて？」

「実はおれね、ちょっと海外へ行かなくちゃならなくてさ。それでね、おれが飼ってるアロワナ、全部あんたにあげるわ」

「いやいや無理ですって！　これ以上、水槽《すいそう》増やせないし……」

「そんなことといわないでさ、なんとかたのみますよ～」

押《お》し問答のすえ、丸山のアロワナは、その専門店《せんもんてん》が観賞用に引きとることで決着がついた。

半年後、わたしは変わることなく、例によって専門店《せんもんてん》で冷凍《れいとう》の魚をもらいうけていた。

そんなある日のこと、丸山の魚が入った、でかい水槽《すいそう》をのぞいていると、不意にうしろに立つ者がある。

ふりかえると、そこにはいたのは丸山だった。

「おお丸山さん！　久しぶりじゃないですか！」

「ああ中村さん、元気そうで何よりです。

ちょっと……そこでお茶しませんか？」

丸山にさそわれるままに外へ出ると、わたしたちは近くにあったファミレスへむかった。

「どうしてました？　本当に海外へ？」

「……中村さん。おれね、むこうでね。あ、むこうってのは香港《ホンコン》なんだけど」

なにかをいいたげにしている丸山は、以前と見ちがえるほど血色が良く、少しばかりふっくらとしたようにも見える。

「中村さんは、やっぱり、あれ……まだ、アロワナやってんの？」

「ええ、やってますよ。とはいえ、あいかわらず死んだ魚やってますけどね」

「うんうん、そうか。それでいい。それでいいんだ、中村さん」

なんだかようすが変だった。

アロワナの生き餌《え》について熱く語っていた以前のような勢いはなく、目つきも顔つきも、断然穏《おだ》やかになっていて、わたしを見てにこにこと笑っている。

丸山はコーヒーをひと口すると、にわかには信じがたい、こんな話をしだした。

「もともとは、おれがだまされたんだ。ある人物にわたるはずの金が、別人にわたっちゃってね。要は持ちにげされちまった。

別におれは命をねらわれてたわけじゃないけどね、用心には用心を重ねて、国外に逃亡《とうぼう》を図《はか》ったのさ。

実はその先でね、おれ、とんでもない目にあったよ……」

香港《ホンコン》の知人宅《ちじんたく》に身を寄せた丸山は、ある日、食事をしようと、ひとりで町を歩いていた。

ところが、トラブルをめぐって丸山を追っていた連中は、香港《ホンコン》にまで、監視《かんし》の目を張りめぐらせていた。

「ついに連中に見つかって追いかけまわされてさ。それこそ死にものぐるいでおれは町中をにげまわり、しだいに細い路地へにげこんでしまったことに気づいたんだ。

『どうか行き止まりになっていませんように……』

そう思いながら、必死に走って、かべぎわに置いてあるゴミバケツなんかをひっくりかえしてさ、まるで映画《えいが》さながらの逃走劇《とうそうげき》を演じてたんだよ。

ところがね中村さん……。

ふと気づくと、うしろから追ってくる連中の足音が、やたらと〝ドシン！　バタン！〟と派手《はで》に大きくなったんだ。

幅《はば》1メートルもない、細い路地を走りながら、おれはうしろをふりかえって、思わず息を飲んだよ。

おれを追ってきてるのはね、中村さん。

なんと、化け物みたいに巨大《きょだい》なアロワナだったんだ……」

周囲の壁《かべ》に体をこすりつけながら、身をよじるようにして大きな口を開け、いままさに自分を飲みこもうと、真っ赤な色の巨大《きょだい》な血紅龍《シェホンロン》が追っていたというのだ。

「周りのネオンに照らされたおれの服は、真っ赤に染《そ》まってさ、さながら金魚のようだったよ……」

それ以降《いこう》、丸山は、いっさい熱帯魚の趣味《しゅみ》をやめたという。

リヤカー

小学二年生のころ、わたしは、東京都渋谷区《しぶや》のSという町に住んでいた。

いまでこそ、おしゃれな街なみへと変わったが、わたしが生活していたころのS町といえば、近所に機織《はたお》り工場があったり、お琴《こと》や三味線《しゃみせん》の師匠《ししょう》がいたり、古いアパートや三軒《さんげん》長屋があったりと、下町そのものの風情《ふぜい》が残っていた。

縦横《じゅうおう》に町を走る生活道路は、軽自動車が一台通れるかどうかというせまい道ばかり。

そのせまい道を西へ向かって進むと、小さな商店などが軒《のき》を連ねる、少し広い通りに出る。

その通りに一軒《いっけん》のたたみ屋があった。

職人が慣れた手つきでたたみを仕上げていく。

そのようすがおもしろくて、わたしは飽《あ》きもせずながめて、そこに置かれたたたみの材料になるいぐさをふりまわして遊んで、職人にどなられたこともあった。

そのたたみ屋の裏手《うらて》に、たたみを運ぶためのリヤカーが置いてあった。古い大型のリヤカーで、全体を真っ黒にぬってある。

リヤカーは使わないときには、壁《かべ》に立てかけてあった。

わたしを含《ふく》む近所の悪ガキ連中が、それに目をつけないはずがなかった。

ジャンケンで負けた者がリヤカーを引っ張り、残りの者が荷台に乗って、歓声《かんせい》をあげながら町内を走り回っていた。

ときおり、たたみ屋の職人に見つかったが、職人は、「ちゃんと元の場所にもどしておくんだぞ」と笑うだけで、叱《しか》るようなことはなかったように思う。

そんなある日の夕暮《ゆうぐ》れどき、わたしは母から買い物を頼《たの》まれ、細い路地を乾物《かんぶつ》屋に向かって歩いていた。

ちょうどたたみ屋の裏手《うらて》に差しかかったとき、ふと異様《いよう》な光景が目に飛びこんできて、思わずわたしはその場に立ち尽《つ》くした。

さっきまでみんなで遊んでいた、たたみ屋のリヤカー。

使い終わったあとはちゃんと壁《かべ》に立てかけて、職人にあいさつもした。

そのリヤカーが、おかしなカタチで路地付近にまで出てきていて、荷台にずっしりとなにかが載《の》っている。

「うわっ！」

リヤカーに何歩か近づいたわたしは、思わず声を上げた。

なんと、リヤカーの荷台に真新しい棺桶《かんおけ》が満載《まんさい》されている。

おどろいたわたしは、買い物もほったらかして家へ取って返し、夕飯の支度《したく》をしていた母に向かってさけんだ。

「か、か、棺桶《かんおけ》っ！　い、い、いっぱい棺桶《かんおけ》っ！」

母はきょとんとしている。

「なにいってるの？　棺桶《かんおけ》がどうしたっていうの？　第一あなた、棺桶《かんおけ》がなにか知ってるの？」

母はそういぶかったが、わたしは親類の葬儀《そうぎ》に出たことがあり、棺桶《かんおけ》の存在《そんざい》とその意味は、しっかりと記憶《きおく》していた。

「とにかく落ち着きなさい。どこに『いっぱい棺桶《かんおけ》』があるっていうの？」

優《やさ》しくそう問いかける母の言葉に、やっと落ち着きを取りもどしたわたしは、いましがた見たものを、母に説明した。

すると母の顔色が見る見る変わり、それまでの笑顔《えがお》とは打って変わった表情になった。

「あなたたち、そんな遊びをしてたの!?　このあいだ裏《うら》のおくさんたちが噂《うわさ》してたのは、あなたたちのことだったのね！

いい!?　もう二度と、そのリヤカーでは遊んではだめよっ！」

母の急激《きゅうげき》な変貌《へんぼう》と、鬼気《きき》迫《せま》る表情に気圧《けお》され、わたしは二度とそのリヤカーで遊ぶことはなかった。

それからすぐ、わたしは東京都北区へ引っこし、以来、渋谷《しぶや》へ足を運ぶこともめったになくなった。

しかし引っこし先でも、同じようなリヤカーを発見して、わたしは新しい友だちと同じような遊びに興じているのを母に見つかり、しこたま叱《しか》られた。

母がそこまでおこるわけがわからず、わたしは思わず激怒《げきど》している母につっこんだ。

「なんでおこってるの？」

すると、母はわたしのまえにしゃがみ、わたしの目をじっと見つめながら、こんな話をしだした。

「まえの町であなたたちが遊んでた、たたみ屋さんのリヤカーはね。戦争で亡《な》くなった人たちを、たくさん乗せて走ったんだって。

それを以前、裏《うら》のおくさんたちが話してるのを聞いたの。

『子どもたち、たたみ屋さんのリヤカーに乗って遊んでるけど、死人運びの荷車なんかで遊んでちゃ、きっといまにけがするだろうね』って……。

だからあのとき、お母さん、おこってやめさせたのよ」

それは、子どもを思う親心だった。

そして母は、最後にこう締《し》めくくった。

「あのときあなたが騒《さわ》いでた棺桶《かんおけ》ね。あのあと、わたしが見に行ったけど、リヤカーはきちんと壁《かべ》に立てかけられてて、もちろん棺桶《かんおけ》なんかどこにもなかったのよ」
幼《おさな》き日の思い出だ。

たたみ屋のガラス

もうひとつ、このたたみ屋にまつわる不思議な話をしよう。

これもわたしが小学二年生のときのことだ。

晩御飯《ばんごはん》の支度《したく》をしていた母から、近所の乾物《かんぶつ》屋へ買い物を頼《たの》まれた。

小さながま口をわたされ、わたしはズックを引っかけると、日もとっぷりと暮《く》れた暗い路地を、表通り目指して歩きだした。

街灯の類《たぐ》いも乏《とぼ》しい、細い路地を進む。

古い家やアパートの佇《たたず》まいが〝雰囲気《ふんいき》〟をもりあげ、さびしいことこの上ない。

しかもある一軒《いっけん》の古いアパートは、いつもぽっかりと口を開けたままでたたずんでいる。

（なんでここの入り口、いつも開けっ放しなんだろう？　建物が大きな人の顔みたいで、なんだか気味が悪いや……）

そのアパートのまえを通るたびに、わたしはそう思っていた。

アパートの両角に立つ家もまた古めかしく、黒く焼いた板を打ち付けた〝焼き板塀《べい》〟が、よりいっそう闇《やみ》を深くして、わたしの行く手に立ちはだかる。

（この角を右に曲がれば、あとは通りまでまっすぐだ……）

そんなことを思いながら歩を進め、あと少しで街灯の灯《とも》った表通り……というあたりまできたときだった。

わたしはあるひとつの異変《いへん》に気づいた。

いまわたしが歩いている道の右手には、たたみ屋の作業場側面にはめこまれた、ガラス窓《まど》が長く連なっている。

窓《まど》といっても、現代のようなアルミサッシではなく、何枚《なんまい》かのガラスを木枠《きわく》で組み上げた簡《かん》素《そ》なものだった。

換気《かんき》のため か、日中は常に窓枠《まどわく》ごとそっくり取りはずされていて、その中で展開《てんかい》される職人《しょくにん》技《わざ》を、わざわざ遠方から見にくる人もいるほどだった。

しかし日も落ちたいまは、もちろん全部の窓《まど》が閉《と》ざされている。

わたしが、その窓《まど》の一枚《いちまい》目のまえに達したときだった。

……ガシャガシャッ

風はまったくふいていないのに、窓《まど》そのものが鳴った。

気のせいかと思い、なおも続けて歩いていくと……。


……バタッガシャッ！　ガシャガシャッ！　バタバタバタッ！


まるでわたしの歩調に合わせるかのように、横にあるガラス窓《まど》がゆれた。

わたしが立ち止まるとそれも、ピタリと止まる……そんな感じだった。

怖《こわ》いとかおそろしいとかいう感情以前に、単純《たんじゅん》に（なんだこれ？）という疑問《ぎもん》がわいた。

その現象はそれからあとも、何日か続き、わたしが暗くなってからそこを通るたびに、ガシャガシャとやかましい音を立てていた。


十日ほどたったころ、晩《ばん》ごはんがすんでわたしがテレビを見ていると、また母がいった。

「明日《あした》の朝食べようと思っていたパンに、青カビが生えてるの。悪いんだけど、お使い行ってきてくれる？」

「昨日、先生が、青カビは薬になるって……」

「いいから行ってきて！」

ぴしゃっと母にいわれて終わった冗談《じょうだん》のようなやり取りだが、数十年たったいまでも、わたしははっきりとこの会話を覚えているから不思議だ。

いつものようにがま口をにぎりしめ、わたしは暗い夜道をひとり、表通りにあるパン屋へと急いだ。

そしてまた、たたみ屋のやかましいガラスだ。

いつしか〝ガシャガシャ〟にも慣れつつあったわたしは、心の中で、どうせ今日も、やかましく鳴るんだろうくらいに考えていた。

ところが、そんな日に限って、ガラスは一枚《いちまい》も音を立てることなく、極《きわ》めて静寂《せいじゃく》を決めこんでいる。

(ふ~ん……なんでだか知らないけど……変なの)

鳴らないのがふつうであるにもかかわらず、このときのわたしはなぜだかふと、そんな思いに駆《か》られていた。

パン屋で食パンを買い求め、再び細く暗い路地へとふみいった。

くるときとは逆で、今度は左側になったたたみ屋の窓《まど》ガラスは、やはり静まり返ったまま。

少し先にある電柱から、裸《はだか》電球のついた小さな街灯が下がっており、それにぼんやりと照らされた、わたしの姿《すがた》がガラスの表面にうかび上がっている。

その自分の姿《すがた》を目で追っていたわたしは、突如《とつじょ》、背中《せなか》から冷水を浴びせられた思いに駆《か》られて、心底すくみ上がった。

わたしの右側に……だれかいる！

そう気づいたとたん、わたしは瞬間的《しゅんかんてき》にガラスから目をそらしたが、まえを向いている限り、視界《しかい》に怪《あや》しいものの存在《そんざい》は確認《かくにん》できない。

(み、見まちがえだよ。うん、そうに決まってる)

そうは思うものの、左のガラスに映《うつ》る〝なにか〟が気になって仕方がない。

気になって仕方がないが、右を直視《ちょくし》して確認《かくにん》する勇気はない。

(どうしよう、どうしよう)

どきどきしながら、おそるおそるガラスをのぞきこむ。

やはりなにかが映《うつ》りこんでいる。

それも、わたしの右にいるその〝なにか〟が、激《はげ》しく動いているのがわかるのだ。

(な、なに!?　なにが……動いてるの!?)

実に不思議なのだが、そのときのわたしは、それを冷静に分析《ぶんせき》するという行動に出た。

しかし直後に、わたしは自分のとった行動を、激《はげ》しく後悔《こうかい》することになる。

わたしの右側で激《はげ》しく動いている〝なにか〟は、のびたり縮《ちぢ》んだりしながら、両手を大きく上へ持ち上げ、わたしの方におおいかぶさってくるような仕草を、延々《えんえん》続けていたのだ。

その全体は骨《ほね》がない、まるでこんにゃくのような動き方をしており、上へのびた両手は、風になびく柳《やなぎ》の枝のようにゆらめいている。

このとき、あるひとつのことが頭にうかんだ。

(こいつだ! このガラスを鳴らしてたの……こいつだ!)

わたしがそう思ったとたん、今度は突然《とつぜん》その〝なにか〟が、わたしの方にドシンと寄りかかってきた!

「うわあっ!!」

わたしはそうさけんで、とっさに寄りかかってきた〝なにか〟がいる右の方へ向き返り、〝なにか〟と正対してしまった。

そこにウネウネしながら立っていたのは、大きなカカシのような〝なにか〟。

うすぐらいこともあり、その顔と思われる部分をはっきりとは見ていないが、もし明るいところで見ていたら、顔は〝へのへのもへじ〟だったのではないかと思うような物体だった。

その〝カカシ〟が、激《はげ》しくのび縮《ちぢ》みを繰《く》り返しながら、両手を大きくふって、わたしの方へおおいかぶさろうとしていたのだ。

「ぎゃーっ!!」

それを目《ま》のあたりにしたわたしがさけぶと、まるでマンガのような雰囲気《ふんいき》で、〝カカシ〟は突然《とつぜん》目のまえからポンッと消えてしまった。

わたしは脱兎《だっと》のごとく駆《か》けだし、息をはずませたまま、母の待つ家の中へと転がりこんだ。

「なに？　どうしたの？　いったいなにがあったの？」

わたしのようすを見た母が、心配そうな顔でいった。

「た、たたみ……たたみ屋の……」

とにかく息がはずんで、ものがいえない。

途切《とぎ》れ途切《とぎ》れにわたしがそういいかけると、母は一瞬《いっしゅん》、なにか思いだしたかのような表情になり、続けてこんなことをいった。
「なにいってるの？　とにかくあなたは落ち着きなさい！
……たたみ屋といえば、あそこのおじいちゃん、どうなのかしらねぇ」
「ど、どうなのって？
たたみ屋のおじいちゃんがなに？　どうかしたの？」
ようやく呼吸《こきゅう》が落ち着いて、話せるようになった。
「ほら、あなたをいつもかわいがってくれている、あのおじいちゃんよ。
この間から、具合が悪くて入院してるのよ」
入院と聞いて、わたしは思わずこうたずねた。
「いつから？　ねえお母さん、いつから、あのおじいちゃん入院してるの？」
「そうねえ、かれこれもう十日になるかしら……」
それはまさしく、あのたたみ屋のガラスが〝ガシャガシャ〟と騒《さわ》ぎだしたころだった。
わたしはそれを母に伝えたが、まともに取りあってはくれなかった。

そして翌日《よくじつ》。

たたみ屋の店先に白黒の幕《まく》が張られ、玄関《げんかん》には〝忌中《きちゅう》〟の札が下がっていた。

わたしをかわいがってくれた、たたみ屋のおじいちゃん。

あの〝カカシ〟との関連性は、いまもってよくわからない。

革靴《かわぐつ》

いまからもう二十年近くまえになる。

わたしは当時、大規模《だいきぼ》なサバイバルゲームのチームを主宰《しゅさい》していた。

サバイバルゲームというのは、フィールドを囲って、あらかじめ決めたルールにのっとって、バリウムなどでできた弾《たま》を発射《はっしゃ》するエアガンをうちあう〝大人の戦争ごっこ〟のこと。

ふだんは、その土地を所有する個人や会社に承諾《しょうだく》を得た上で、山間部をゲームフィールドにしていた。

わたしの開催《かいさい》するゲームは、ほとんどがフラッグ戦で、ゲームフィールドの中央部分にフラッグを立て、フラッグを取った時点でゲームは終了《しゅうりょう》。フラッグを取った方のチームが勝ちというものだった。弾《たま》があたって「いてっ！」といった者の負けという、実に単純《たんじゅん》なルールですることもある。

参加者には、現職の警察官《けいさつかん》や自衛官、レスキュー隊員、医師や看護師《かんごし》、弁護士や司法書士など、実にさまざまな顔ぶれが集まっていた。


ある日、チームの主要メンバーを集め、都内のカフェで、今後のゲームフィールドなどを決める、通称《つうしょう》〝戦略会議〟を開いた。

「〇〇山も××渓谷《けいこく》もやり尽《つ》くしたし、そろそろ新境地を開拓《かいたく》したいね」

とあるメンバーがいうと、大方賛成しはじめた。

「青木ヶ原樹海《あおきがはらじゅかい》はどう？」

ひとりのメンバーがいった提案に、わたしは肝《きも》を冷やした。

なんと、富士山麓《さんろく》に広がる青木ヶ原樹海《あおきがはらじゅかい》で開催《かいさい》したいというのだ。

わたしの体験談の中でも、そこで経験した怪異《かいい》をいくつか紹介《しょうかい》してはいるが、青木ヶ原樹海《あおきがはらじゅかい》は国の天然記念物に指定されている原生林で、自殺の名所として名高い。ちなみに林道からはずれてふみいることは禁止されている。

悪巧《わるだく》みというものは、いつもとんとんびょうしにまとまるもの。

樹海《じゅかい》でゲームを開催《かいさい》するという情報は瞬《また》く間に全メンバーに伝わり、あれよあれよという間に、参加定員数を満たしてしまった。


ゲーム開催《かいさい》当日、深夜十一時。

現地集合したわたしたちは、一箇所《いっかしょ》に車を止めると、事前に現地を下見しているメンバー・河合《かわい》の先導の下《もと》、真っ暗な原生林へと足をふみいれた。

その日集まったメンバーのほとんどは、樹海《じゅかい》に入るのは初めてで、もしや遺体《いたい》と出くわすのでは……という、不安に駆《か》られている者も少なくはなかった。

もちろん場所によっては、そのような可能性もないではないが、我々《われわれ》が選んだ場所は、もちろん立入りが禁止されていないエリアで、そうした事案はあまり発生していないはずだった。

しばらく遊歩道を進むと、突然《とつぜん》道がなくなり、うっそうと茂《しげ》る原生林に到着《とうちゃく》した。

真っ暗な闇《やみ》の中で方向感覚をうばわれる。

「よっしゃ！　じゃあ、その歩道を境にしてそれぞれのチームに分かれよう。フラッグはＬＥＤを灯《とも》して、真ん中にある岩の上に立てるから、手にした者はホイッスルをふくこと」

わたしがみんなをまえにしてそういったときだった。

不意に肩《かた》をぽんぽんとたたかれ、わたしはふりむいた。

ひときわ大柄《おおがら》の関口が、わたしに顔を近づけてきて、小さな声でいった。

「ちょっと見てもらいたいものが……」

わたしは、ハンドライトを灯《とも》して彼《かれ》のあとに続き、デコボコした溶岩《ようがん》質の岩の上を伝って行った。

関口は、一本のもみの木のところで、はたと歩みを止めた。

そして、そのもみの木を見上げ、なにもいわずに、わたしに目で〝上を見ろ〟と告げる。

「うわっと！　こりゃだめだな。だめだここは……」

わたしはひとり言のようにつぶやいた。

その木の枝から頑丈《がんじょう》なロープがたれさがっている。

千切れた部分の上部に、くっきりと結び目が残っている。

どう見ても、だれかがそこで首をつったあとだった。

「さすがにここでゲームはできないな」

そういって、みんなのところへもどろうとするわたしを、関口が引き止めていった。

「これ……見てください」

彼《かれ》のライトは、ロープが下がるほぼ真下を指している。

そこには黒い革靴《かわぐつ》が、ぴったりとそろえて置かれていた。

よほどの年月が経過していると見え、中には枯《か》れ葉《は》や泥《どろ》がつまっており、その劣化《れっか》具合から見て、枝から下がるロープで首をつった人物のものと思われた。

「なんかこれ、変わった装飾《そうしょく》が付いてますね。甲《こう》の部分にほら、四角い金色の金具が……」

「いいからいいから！　そんなのまじまじと見るなよ！」

冷静に靴《くつ》を〝分析《ぶんせき》〟している関口を促《うなが》し、わたしたちは足早にみんなの元へもどった。

ことの次第《しだい》を説明して、別の場所へと移動した。

その後は、日が射《さ》すまでゲームを楽しみ、現地で解散した。

それから半年後、ふだんはめったに連絡《れんらく》をよこさない、関口からメールが入った。

「おつかれ様です。

急なんですが、本日の八時くらいに、うちの会社にこられませんか？」

関口は産業廃棄物《はいきぶつ》の集積場を経営している。その廃棄物《はいきぶつ》の置き場にきてくれというメールだった。

こんなことをいわれたのは初めてで、いったいなにがあったのかとわたしは心配になり、彼《かれ》のいう時間に、置き場に行くことにした。

着いてみると、置き場の入り口で関口が待っていた。

元気がなく、ずっとうつむいている。

「いったいどうしたよ？」

わたしはそのようすが気になり、そう切り出した。

関口は少し間を置くと、おずおずと話しだした。

「いつだったか、みんなで樹海《じゅかい》へ行きましたよね……？」

「ああ、ゲームやりにだろ？　もうかれこれ半年にもなるか……」

「あのとき、大きな木から下がったロープがあったの、覚えてますか？」

「もちろんだよ～。あれにはおどろいたよなぁ」

ふつうに返答するわたしの声とはうらはらに、関口はあいかわらずうつむいたままだった。

そして大きく息をのむと、こう聞いてきた。

「あのロープの下に……黒い革靴《かわぐつ》があったことも覚えてます？」

「あ、ああ、覚えてるよ。なんかこう、金物の飾《かざ》りの付いたあれだろ？」

すると関口はそれに応えることなく、すたすたと歩き出した。

置き場の一角に、ドラム缶《かん》がたくさん置かれている。

わたしは関口の行き先はそこだと、なぜだか直感した。

歩きながら関口は話を続けた。

「樹海《じゅかい》からもどった翌日《よくじつ》あたりから、社員がおかしなことをいうようになったんです」

「おかしなこと？」

「休憩室《きゅうけいしつ》へ上がる鉄の階段《かいだん》を、『ガツンガツン』と靴音《くつおと》を立てて上ってくる者がいる。だれがきたんだろうと思っていると、階段《かいだん》の途中《とちゅう》で足音が止まり、そこから勢いよく『ガツガツガツガツッ』と駆《か》け下りていくと……。すぐにドアを開けて音の主を探《さが》しても、そこにはだれもいないといってました」

そんな気味の悪い話を聞くうちに、我々《われわれ》はドラム缶《かん》のまえまでやってきた。きれいにならべられているドラム缶《かん》の一本を、関口が指さした。見ると、ドラム缶《かん》の上に、なにかがぽんと置かれている。ひとそろいの靴《くつ》だった。わたしはそれに近づき、靴《くつ》をよく見ようと手をのばした。

「さわらないでっ！」

突然《とつぜん》関口が声高《こわだか》にそうさけび、わたしは思わずびくっとして、関口の顔を見た。いままでに見たことのないような神妙《しんみょう》な顔をしている。

それはまさに、恐怖《きょうふ》に支配された顔だった。

わたしはさわらないようにして、もう一度、靴《くつ》を見た。

その装飾《そうしょく》には見覚えがあった。

「変わった装飾《そうしょく》が付いてますね。甲《こう》の部分にほら、四角い金色の金具が……」

関口があのとき、そういっていた靴《くつ》。

まさにあの靴《くつ》が、いま目のまえに置かれているのだ。


まじまじとその靴《くつ》をわたしが見ていると、不意に関口がいった。

「置き場の反対側のすみに、二階建てのプレハブ小屋があるの、見えますか？」

置き場の南側のすみに、プレハブ小屋があった。

一階は倉庫で、二階はエアコンを完備した休憩室《きゅうけいしつ》として使っているという。

「今朝のことなんです。

わたしが朝一番でここへくると、プレハブ一階の入り口まえに敷《し》いた、足拭《あしふ》きマットの上に
……ぴったりとそろえて、まるであのとき、樹海《じゅかい》で見たのと同じように、この靴《くつ》が置かれてあったんです」

関口はふるえる声でいった。

「で、でもさ、これは市販品《しはん》だろうから、同じ靴《くつ》があってもおかしくないんじゃ……」

「靴《くつ》の中！　見てください」

そういわれて、わたしは靴《くつ》の中をのぞきこんだ。

ぎっしりと枯《か》れ葉《は》や泥《どろ》がつまっている。

まさしく、あの晩《ばん》、樹海《じゅかい》の中で見た光景と同じだった。

そして関口は、最後にこう付け加えた。

「その中に詰《つ》まった枯《か》れ葉《は》、もみの木の葉ですよね。この近辺に、そんな木ありませんよ」

その靴《くつ》が、なぜそこに現れたのか。なにを意味するのか。

いまもって理解に苦しむところだ。

きーたーよ～

元号が昭和から平成へ変わったばかりのころ、わたしは小さいながらも、土建会社を営んでいた。

ひと口に土建会社といっても、その仕事内容はさまざま。わたしがやっていたのは、ダンプカーを使った産業廃棄物《はいきぶつ》の集積運搬《うんぱん》だった。

通常は、ゼネコンとよばれる大手の総合建設業者の現場や、ハウスメーカーの建築現場から出る、余剰《よじょう》資材などの引きとりをメインにしている。

ところが、ときおり、大手不動産業者からの要請《ようせい》で、少々変わった案件がまいこむことがあった。

「依頼《いらい》内容：東京都赤坂の〇〇マンション503号室にあるすべてを廃棄物《はいきぶつ》として処理《しょり》」

こんな依頼《いらい》だった。

しかしこれは事件事故に関したことではなく、あくまで家財道具一式の回収業務《かいしゅうぎょうむ》である。

通常の引っこしとちがうのは、そこにいっさい家主の姿《すがた》がないということだった。

営んでいた事業に失敗し、金目のもの以外の家財一式を、そこに残したまま失踪《しっそう》する……。

俗《ぞく》にいう〝夜にげ〟というやつだ。

時代はバブル経済《けいざい》が破綻《はたん》をむかえ、このような方法で多額の借金からにげだす人が少なからずいたのだ。

家の中には、そこそこ高価な調度品などが捨《す》て置かれ、車やバイクがそのままになっていることも少なくなかった。

そういったものまで持っていくと、すぐに足がついて、居場所がわかってしまうからだった。

そんなこともあって、回収《かいしゅう》業者の中には、それらの品物をリサイクル業者や古物商に持って行って、現金化する者もいたが、わたしの会社ではそれらの行為《こうい》を厳《きび》しく取りしまっていた。わたしがそうした行為《こうい》を禁止していた理由は、そういったものには〝人の思い〟がこもっていて、万一家に持ち帰ったりすると、思わぬ〝障《さわ》り〟を招くことがあるからだ。

そんなある日、わたしの事務所に一通のファックスが届《とど》いた。

「依頼《いらい》内容：東京都港区にある〇〇〇マンション８０８号室　内部物品一括《いっかつ》引き上げ。
備考：作業開始二十四時よりお願いします」

また〝夜にげ物件〟の回収《かいしゅう》業務であると思われたが、備考欄《らん》が気になり、わたしはすぐに依《い》頼主《らいぬし》へ電話をかけ、担当者《たんとうしゃ》にことの詳細《しょうさい》を確認《かくにん》した。

「中村社長、お世話様です。
実はね、この案件は少々秘密裏《ひみつり》に運んでほしいんですよ。
家主が業界では有名な社長さんだったんでね、親族がえらく神経質になっていて、周囲に

『夜にげ』だとさとられないように配慮《はいりょ》してほしいって、いってきてるんですよ」

正直いって、こういうのはめんどくさい！

責任を放棄《ほうき》して勝手ににげだしておいて、それを周囲にさとられるなとは！

いかりにも似た感情がわきあがってくるが、そこは仕事。

私的《してき》な感情はぐっとおさえることにして、わたしは依頼《いらい》通りの時間に、トラック六台を伴《ともな》って現場へ向かった。


着いてみると、そこは高級住宅地《じゅうたくち》のど真ん中。

問題の８０８号室は、４ＬＤＫの広さで、部屋のひとつひとつの造りが素晴《すば》らしく、家賃《やちん》を安く見積もっても、月数十万円はするだろうと思われる物件だった。

部屋の中に足をふみいれる。

そのとたん、わたしの中にあるひとつの〝思い〟が入ってきた。

（残念だ……）

それはまさに元住人の自戒《じかい》の気持ちそのものなのだろう。

しかし同時に、（ここには長く居たくない！）と、わたしの中にある危険《きけん》を知らせるシグナルも明滅《めいめつ》しはじめていた。

さっそくリビングにスタッフを集めたわたしは、最終確認《かくにん》のつもりで、そこにいる全員に申しわたした。

「まえからいっている通り、ここにあるものはすべて転売は禁止する。いままでは見て見ぬふりをしたこともあったが、ここのものに関しては、絶対に転売してはだめだ！　絶対にすべて廃棄処分《はいきしょぶん》とするように」

そういいながら、わたしはある一角から鋭《するど》い視線《しせん》を投げかけられている気がして、思わずふりむいた。

視線《しせん》の先にあるのは、大きなテレビがのったサイドボード。

それも、ローズウッドかなにかでできている、実に高価な代物《しろもの》だ。

ボードの内部はすべて持ち去られ、がらんとしていたが、テレビとならぶようにして、上部に大きめのガラスケースが置かれている。

近くへ寄ってよく見ると、ケースの中に入っているのは、美しい一体の博多《はかた》人形。

それを見たとたん、わたしはすぐに直感した。

（視線《しせん》の主はこの人形だ！）


なぜなら全体を通して非常に美しいのに、目だけがいやなのだ。

この人形を作った人物は、なぜこんないやな目つきで仕上げたのかと思うほど、実にいやな目つきでじっとわたしを見すえている。

それはまるで、その部屋に残留している負の念を、すべて集約したかのような、そんな眼差《まなざ》しだった。

その後は、現場責任者にすべてを任せ、わたしは先にその場をあとにした。


それから数か月後のことだった。

ある社員が「相談がある」といって、わたしの元を訪《たず》ねてきた。

その男は一戸《いちのへ》といい、例の８０８号室に同行した社員だ。

ふだんから明るい性格なのに、その日の一戸《いちのへ》に笑顔《えがお》はなかった。

「どうした？　なにかあったのか？」

わたしが尋《たず》ねると、一戸《いちのへ》は気まずそうに下を向いたままいった。

「社長……例の港区の現場でのことなんですが……。

わたし、あそこでまちがいを犯《おか》してしまいました。

……実はあの部屋に置かれていた人形を……持ちだしたんです」

「えっ！」

わたしは思わず大きな声を発してしまった。

「に、人形って、もしかしてテレビの横にあった博多《はかた》人形か!?」

一戸《いちのへ》は、それを売って金にするつもりではなく、あくまで自宅《じたく》に飾《かざ》るつもりで持ち帰ろうとした。

ところが、荷物を積みこんで帰る途中《とちゅう》、なにやらいいしれぬ気味の悪さを感じ取り、家には持ち帰らず、翌朝《よくあさ》、近所の骨董《こっとう》屋へ売りに行ったという。

「なんだかあれは凄《すご》く価値《かち》のあるものだとかで、その場で5万円で買い取ってくれました。

……ところがです」

その数日後、一戸《いちのへ》の妻が、その人形をかかえて帰ってきたというのだ。

「わたしは自分の目を疑《うたが》いました。

似たような……とか、同じような……とかいうことではなく、まさしくわたしがあの日持ちだした博多《はかた》人形なんです。

わたしは思わず、『おまえ、その人形どこで手に入れた!?』と聞きました。

すると女房《にょうぼう》は、『近くでやっていた骨董市《こっとういち》で売られてた』というじゃありませんか。

さっきもいいましたが、わたしはあの人形を家には持ち帰っていないんです。

だから女房《にょうぼう》は、あの人形の存在《そんざい》すら知るはずがないのに……」

ところが、改めて人形を見てみると、あの日感じた気味悪さも、怪《あや》しい雰囲気《ふんいき》も消え去っており、かんちがいかと思い直した一戸《いちのへ》は、それを部屋に飾《かざ》ることにした。

ところが……。

「部屋に置いたその晩《ばん》、わたしはある夢を見ました。

いや、夢なのかな……あれは現実かもしれません……」

二階の寝室《しんしつ》で布団《ふとん》に入って寝《ね》ていたはずの一戸《いちのへ》は、気づくと一階のリビングにいた。目のまえに、あの人形の入ったケースがある。

しかもそれは、見たこともない大きな仏壇《ぶつだん》のようなケースになっていた。

ケースは漆《うるし》ぬりで、一見して高価なものとわかった。左右と前面をうすいガラスで囲われ、正面の開き戸には紫色《むらさきいろ》のふさが下がっていた。

（なぜおれはここにいるのだろう……）

一戸《いちのへ》がそう思いながら、ケースをじっと見ていると、そのふさがまるで、だれかに引っ張られるかのように手前になびいた。そして……。

カチャッ……ギギィ……イィィィィィ

と音を立てて、徐々《じょじょ》にこちら側へと開いてくる。

そのとたん、中の人形が動いた！

わずかに開いたすき間に手をかけ、そこからぬっと顔をのぞかせていった。

きぃ……たぁ……よぉ……

「それも、ものすごくかすれたいやーな声で、ぜんぜん女性の声じゃないんです。おどろいて『うわっ！』と声を上げたとたん、わたしは我《われ》に返ったのですが、なんと真っ暗なリビングの真ん中に立ち尽《つ》くしていました……」

その話を聞いたわたしは、一戸《いちのへ》に人形をある寺院に預けることを提案した。

翌朝《よくあさ》、すぐに人形を車にのせ、一戸《いちのへ》は寺へと向かった。

ところが、新車であるにもかかわらず、途中《とちゅう》で何度もエンジンがストップ。

本来であれば、一時間もかからずに着くはずの寺へたどり着いたのは、なんと夜の十時を回ったころであったという。

たたられる本

わたしが小学五年生のころの話だ。

当時北海道に住んでいたわたしは、あるマンガ家さんが描《か》くマンガに熱中していた。

そのマンガには、それまで自分が体験したこととよく似た事柄《ことがら》が、たくさん掲載《けいさい》されていたからだ。

当然、そういうものを目にするのは初めてのことだった。

そのマンガを読み進めるうちに、自分の中にたまっていたたくさんの疑問《ぎもん》や、ある種の悩《なや》みが解消されていくのが、本当に嬉《うれ》しかった。

さらにそのマンガは、それまで知ることのなかった、〝呪《のろ》い〟や〝たたり〟といったことを、わたしに教えてくれたのだった。

そういうことが本当にこの世に存在《そんざい》するのだということも、わたしは理解した。

ある日の放課後、クラスメートの梅本が、わたしのところにきて、真剣《しんけん》な面持《おもも》ちでこんなことをいいだした。

「あのさ、まさみ、たたりって……本当にあると思う？」

突然《とつぜん》の話におどろき、どういうことかと詳《くわ》しく聞いてみることにした。

梅本の話は、子どもながらに震《ふる》え上がるほどの、おぞましい内容だった。

梅本はその年の夏休み、親といっしょにとある親戚《しんせき》の家を訪《おとず》れ、そこに一週間ほど滞在《たいざい》した。

その家には、われわれと同い年のタカシといういとこがいて、梅本をいろんな場所に連れていってくれたという。

そのひとつに、海岸の岩礁《がんしょう》地帯に空いた洞窟《どうくつ》があった。

洞窟《どうくつ》の中に入ると、お地蔵《じぞう》さんがたくさんならんでいる。

ところどころに風車が立っていて、ときおり、カサカサカサ……カサカサカサ……という音をたてて回っていた。

しかしそこに、いっさい風など感じられなかった。

タカシはどうやら、そこへは頻繁《ひんぱん》に足を運んでいるようだった。

その日は、洞窟《どうくつ》のおくにある岩棚《いわだな》に腰《こし》かけると、タカシはいきなり、そこで見た幽霊《ゆうれい》の話を始めたという。

わたしは、すでにここまで聞いた時点で、その洞窟《どうくつ》がかなり危険《きけん》な場所であると直感できた。

タカシが語ったのは、こんな話だった。

まだ小学二年生のころ、友だち数人とその海岸で、貝がらを拾って遊んでいた。

するとどこからか、たくさんの子どもたちが現れ、「いっしょに遊ぼう」と声をかけてきた。

断る理由もなかったタカシたちは、しばらくその子たちといっしょに遊ぶことにしたが、どの子も近所では見ない顔ばかり。

名前や住んでいる場所を聞いても、ただ「うんうん」と首をふるばかりで、要領を得なかったという。

やがて日が西に傾《かたむ》きはじめた。

その子たちは一様にさびしそうな表情になり、タカシたちに再会の約束をすると、どこへともなく帰っていった。

それからというもの、タカシはその子どもたちと、同じ場所で遊ぶようになった。

そんなある日のこと。

その子たちがいったいどこへ帰っていくのかを、ずっと知りたかったタカシは、いったん別れたあと、そっと彼《かれ》らのうしろをつけていくことにした。

すると、子どもたちは、ぞろぞろとあの洞窟《どうくつ》へと入っていくではないか。

洞窟《どうくつ》のおくはふさがっていて、どこへもぬけることはできない。

その日を最後に、子どもたちがタカシのまえに姿《すがた》を現すことはなくなった……。

「それは不思議な話だけど、それとたたりと、どう関係あるのさ？」

そこまでじっと聞いていたわたしは、梅本に問いかけた。

すると梅本は、自分の机《つくえ》の横にかけてあった手提《てさ》げカバンの中から、なにかを持ってもどってきた。

見た目もかなり古そうな、一冊《いっさつ》の絵本だった。

『ほとけさま』という書名が、横書きなのに右から書いてある。

たて書き文化の影響《えいきょう》で、太平洋戦争の直後まで、横書きを右から書くことが多かったことを考えると、少なくとも三十年以上まえの本だと思われた。

なにもいわず、梅本が差し出したその絵本を見たとたん、わたしの全身に悪寒《おかん》が走った。

頭の中でなにかが〝さわってはだめだ！〟という、危険《きけん》信号を発している。

わたしのようすに気づいたのか、梅本はその絵本を机《つくえ》の上に置き、うつむいたまま大きくため息をついた。

そしてぼそっとつぶやいた。

「これ……洞窟《どうくつ》の中にあったんだ……」

「な、なんでそんなの持ってきたのさ！」

わたしの当然のつっこみに対し、梅本は涙《なみだ》ぐみながら「わからない」といった。

そしてその本をペラペラとめくりながら、話の続きを語り出した。

いや、そこからが〝本題〟といってもよかった。

「この絵本がおれの部屋にあることを、タカシの家からもどってきて、三日後に気づいたんだ。

自分では持ってきた覚えはないし、そんなことするはずもない。

でもな、これは確かにあの日、あの洞窟《どうくつ》のいちばんおくにあった、大きなお地蔵《じぞう》さんのまえに置かれていたものなんだよ。

そしてな、これに気づいた晩《ばん》から、ほぼ毎日同じ夢を見るんだ。

近くで波の音がして、はっとして周りを見ると、真っ暗なあの洞窟《どうくつ》の中にいる。

すると、ぽっぽっと一本ずつろうそくが点《つ》いていくんだけど、それは全部見たこともない子どもたちが手にしてるんだよ。

そして子どもたちは、ろうそくを持ったまま、ゆうっくりゆうっくり、おれに近づいてくるんだ。

そのうち、おれを取り囲むように、子どもたちが迫《せま》ってくると、小さな声でなにかつぶやいているのが聞こえるんだ……。

まさみ、その子どもたちさあ、みんな、まぶたがないようなまん丸な目をしてるんだよ。その目でじーっとおれの顔を見たまま、口々にいってるんだ。

『たたるよ、たたるよ』って……」


その後、梅本は親に打ち明けた。

梅本の両親は、すぐにタカシの親にも連絡《れんらく》して、すべてを話した。

するとタカシの親からは、思いもしない言葉が返ってきた。

「あの洞窟《どうくつ》は、うかばれない水子の魂《たましい》が集まる場所で、決して子どもが近づくところじゃない。ましてや、そんな場所から本を持ち帰るなど言語道断なこと！

今後親戚《しんせき》付き合いはいっさいしないので、このたびのことはそっちで勝手に処理《しょり》してくれ！」

そんな激《はげ》しい言葉を投げられ、困《こま》りはてた梅本の両親は、地元の寺の住職に相談した。

ご住職は親身になって考えてくださり、問題の絵本を寺で預かり、手厚く供養《くよう》してくれたという。

その後、梅本の身には特段《とくだん》の怪異《かいい》は起こっていない。

二階の窓《まど》から

現在は福島の原子力発電所におられるKさんから、こんな話を聞かせてもらった。

Kさんは以前、福島で宅配便《たくはいびん》のドライバーをしていた。

朝早くから夜に至《いた》るまで、担当《たんとう》エリアを縦横無尽《じゅうおうむじん》に、大事なお客様の荷物を配送して回っていた。

その日も、いつもと同じように昼飯を食べ終え、午後の配送を開始した。

そして時計はもうじき、三時になろうかというころだった。

突然《とつぜん》、地面が躍動《やくどう》した。

いままでに感じたことのない強大な動きに、Kさんはすぐにトラックを路肩《ろかた》に止めると、ゆれが収《おさ》まるのを待つことにした。

福島では、前日にもそこそこのゆれがあり、このときもKさんは、すぐに収《おさ》まるだろうと、たかをくくっていたという。

ところが、ゆれはすぐに収《おさ》まるどころか、数分後には更《さら》に巨大《きょだい》な力を持っておそいかかり、六分超《ちょう》のあいだ、ゆれつづけていた。

最大震度《しんど》7、マグニチュード9、死者・行方《ゆくえ》不明者、負傷者《ふしょうしゃ》合わせて、約二万人をこえる被《ひ》災者《さいしゃ》を出した、国内観測史上最大級となる大地震《だいじしん》、東日本大震災《だいしんさい》の始まりだった。

Kさんが住んでいた福島県は、その沖合全域《おきあいぜんいき》が震源域《しんげんいき》となり、ほどなくして到達《とうたつ》した巨大津《きょだいつ》波《なみ》により、甚大《じんだい》な被害《ひがい》をこうむった。

「あれは波なんかじゃありません。水の力によって破壊《はかい》された家々そのものが、真っ黒なかたまりとなっておそってくるんです」

津波《つなみ》のことをKさんは、そういっていた。

Kさん自身は、間一髪《かんいっぱつ》のところで難《なん》をのがれるが、自分が生まれ育った町が、悲しい姿《すがた》へと変貌《へんぼう》する一部始終を見届《みとど》けることとなった。

ついいまし方まで、あたりまえに行きかうことができた道路には、無残に折り重なった街路《がいろ》樹《じゅ》、大小さまざまな船、車、バイク、自転車……それらがうず高く累積《るいせき》していた。

強大な自然の猛威《もうい》によって、愛《いと》しき故郷《こきょう》は完膚《かんぷ》なきまでに破壊《はかい》されつくした。

当然ながらKさんの仕事は、立ち行かなくなってしまう。

しかしそれから数か月後、地元住民と、各方面から派遣《はけん》されてきた自衛隊、ボランティアの尽力《じんりょく》で、生活道路が確保され、Kさんも宅配《たくはい》の仕事に復帰することができた。


Kさんが仕事にもどり、しばらくしたころ、同僚《どうりょう》のドライバーがこんな話をしてきた。

「○○町○丁目の家の二階に、ときおり不思議な明かりが灯《とも》ってるんだよな。蛍光灯《けいこうとう》とか電球みたいな照明じゃなくて、ぼんやり、ふうわりとした不思議な明かりなんだ。電気はまだ遮断《しゃだん》された状態だから、なんかランタンみたいなものでも持って、だれか家に入ってるのかな……」

Kさんはその家を知っていた。

まだ幼《おさな》い女の子がいて、Kさんが荷物を持って訪《おとず》れると、決まってひざの上に乗ってきては、「きゃっきゃっ」と喜ぶ。笑顔《えがお》がにあう、とても愛くるしい子だった。

そばでくらしているおばあちゃんが、毎日、その子を近くの保育園へ送りむかえしていた。

そしてむかえたあの日……。

尋常《じんじょう》でないゆれから津波《つなみ》の到来《とうらい》を察知した保育士は、すぐさま高台へ避難《ひなん》を始めようとしていた。

ところが、孫が心配で保育園を訪《おとず》れたおばあちゃんは、孫の手を引いて、避難《ひなん》の準備をしにいったん家にもどってしまった。

ふたりは、そこで津波《つなみ》におそわれたという。

家の一階部分は、物の見事に水圧によってぶちぬかれ、はだかの柱だけが二階部分を支えているような状態になっていた。

その上ることさえできないはずの二階に、ぼんやりと明かりが灯《とも》るという。

Kさんは同僚《どうりょう》の話を聞いて、いたたまれない気持ちになった。

作業着姿《すがた》の自分になつき、行くたびに笑顔《えがお》で癒《いや》してくれた、小さな女の子。

そしていつも明るく自分をむかえてくれた、おばあちゃんの笑顔《えがお》。

日常的なつながりも、ましてや血のつながりもないふたりだったが、まるで家族のように自分を出むかえてくれた人が、津波《つなみ》の犠牲《ぎせい》になったことに、Kさんは悲しみをおさえることができなかった。

Kさんの足は、自然とその家へ向かっていた。

何度も何度も通い慣れた道が、まるで別世界へつながっているように感じる。

それまであたりまえにあった店や家なみ、信号、電柱、看板《かんばん》も標識も、ガードレールさえ、そこにはなかった。

ゆっくりゆっくり車を走らせ、その家のある番地へと近づいてきた。

そしてKさんは、自分の目でそこにある二階の窓《まど》を見たとたん、なにかが部屋の中で動くのがわかった。

車を降《お》り、なにが動いたのかと、近くへ寄って確かめる。

二階の部屋にまで津波《つなみ》がなだれこみ、窓《まど》ガラスは完全に割《わ》れた状態で、そこにかけられてあったカーテンと思われる布が、はためいているのがわかった。

（いや、ちがう……あれはカーテンじゃない……）

Kさんはできるだけその家に近づき、なんとかそのおくに目を凝《こ》らした。

そこにはためいていたもの……。

それは書き初《ぞ》めと思われた。

おそらく、あの女の子がその年の初めに書いたのだろう。

あのすさまじい津波《つなみ》の勢いにも破れることなく存在《そんざい》していた一枚《いちまい》の書き初《ぞ》め。

そこには、とてもたどたどしい文字で、こう書かれていた。


『しずかなうみ』

最後に

本シリーズ続刊が伝えられたとき、わたしの中に光明が降《ふ》りそそいだ。

わたしが若《わか》い読者に最も伝えたいと願う『命について』ということが、広く受け入れられた証《あか》しだと思ったからだ。


よくドラマや映画《えいが》の中で、こんなシーンを目にすることがある。

ささいなことが原因で勃発《ぼっぱつ》した親子げんか。どうにも収拾《しゅうしゅう》のめどが立たず、ついに子どもがこんなことを口走る。

「頼《たの》みもしないのに、あんたが勝手におれを産んだんだろ！」

「なんてことというの！」「うるせえっ！」となり、息子《むすこ》は家を飛びだしてしまう。

そういうわたしも、中学生くらいのころに、母にそんな言葉を投げかけてしまった経験がある。

しかし大人になり、ひょんなことから出会ったひとりの僧侶《そうりょ》に、こんなことをいわれた。

「中村さん。人というのはね、ちゃんと親を選んで生まれてくるんだよ。たまたま偶然《ぐうぜん》に、その親から生まれるんじゃない。自分でちゃんと親を選んで、それを自覚してこの世で人となるんだ」

もちろん科学的な証明も、裏付《うらづ》けもないだろう。

でもそれを聞いたわたしの胸《むね》に、巨大《きょだい》な衝撃《しょうげき》と後悔《こうかい》の念がおしよせ、いてもたってもいられぬ気分になったのを、いまでもはっきりと覚えている。

それからわたしはひとりの男の子と知りあった。

小学一年のその子は、はっきりとした口調で「ぼくには死んだ人が見える」といった。アニメかなにかに感化された上でのことかもと思い、よくよく彼《かれ》の話を聞いてみる。どういう風に見えるのかなどをつきつめていくと、わたしが感じる図式とよく似ている。その子もまた〝見える人〟なのだと実感した。

わたしはその子にこんな質問をしてみた。

「お母さんのおなかの中にいたときのこと、もしかして覚えてる？」

するとその子は強くうなずいて、こんな話を聞かせてくれた。

「あのね。ぼくは生まれるまえ、小さな光の粒《つぶ》でね、たくさんの友だちたちと宇宙《うちゅう》にいたの」

生まれるまえの記憶《きおく》を〝胎内記憶《たいないきおく》〟というが、彼《かれ》の表現は、胎内記憶《たいないきおく》の研究者が同様の発表をしている。わたしもその論文《ろんぶん》を読んだことがあった。

続けて彼《かれ》のいった言葉に、わたしは思わず涙《なみだ》がこぼれそうになった。

「宇宙《うちゅう》をふわふわただよっていたら、とっても楽しそうな笑い声が聞こえたの。

あそこに行ったら、きっと楽しいだろうな、幸せだろうなって思ったの。

そう思いながら、そっちに向かって飛んでいったら、いつの間にかお母さんのおなかの中に入ってたんだよ」

むろん彼《かれ》のいうことにも確証はない。

でもわたしはそれを信じてやまないし、それがどの子にとっても事実であると心から願っている。

わたしは数年前から、怪談《かいだん》をツールとした道徳の授業、〝道徳怪談《かいだん》〟を展開《てんかい》している。

〝道徳怪談《かいだん》〟の授業を受ける方には、かならず守ってもらうある約束事がある。

〝親子で参加すること〟そして〝親子でとなり同士にすわること〟だ。

これが実に大事なのだ。

怪談《かいだん》は、だれかがどこかで亡《な》くなった上でできるもの。人の死を無視《むし》しては成り立たない。

だからこそ、怪談《かいだん》には人と人との縁《えん》やつながりがあり、そこに生と死、命の儚《はかな》さ、尊厳《そんげん》、大切さが生まれる。

その人と人との〝いちばんのつながり〟、基本が親子ではないかと思う。

その絆《きずな》を再確認《さいかくにん》してもらい、さらに強いものにする。わずかながらでもそこに力添《ちからぞ》えできるならと願いつつ、今日も怪談《かいだん》をおくりつづける。

中村まさみ
北海道岩見沢市生まれ。生まれてすぐに東京、沖縄へと移住後、母の体調不良により小学生の時に再び故郷・北海道に戻る。18歳の頃から数年間、ディスコでの職業ＤＪを務め、その後20年近く車の専門誌でライターを務める。
自ら体験した実話怪談を語るという分野の先駆的存在として、現在、怪談師・ファンキー中村の名前で活躍中。怪談ネットラジオ「不安奇異夜話」は異例のリスナー数を誇っていた。全国各地で怪談を語る「不安奇異夜話」、怪談を通じて命の尊厳を伝える「道徳怪談」を鋭意開催中。

著書に『不明門の間』（竹書房）、オーディオブックＣＤ「ひとり怪談」「幽霊譚」、監修作品に『背筋が凍った怖すぎる心霊体験』（双葉社）、映画原作に「呪いのドライブ　しあわせになれない悲しい花」（いずれもファンキー中村名義）などがある。

●校正　株式会社鷗来堂
●装画　菊池杏子
●装丁　株式会社グラフィオ

怪談 5分間の恐怖　たたられる本

発行	初版／2018年3月
著	中村まさみ
発行所	株式会社金の星社 〒111-0056　東京都台東区小島1-4-3 TEL　03-3861-1861（代表）　FAX　03-3861-1507 振替　00100-0-64678　ホームページ　http://www.kinnohoshi.co.jp
組版	株式会社鷗来堂
印刷・製本	図書印刷株式会社
	254ページ　19.4cm　NDC913　ISBN978-4-323-08119-9
	乱丁落丁本は、ご面倒ですが小社販売部宛にご送付ください。 送料小社負担でお取り替えいたします。

怪談5分間の恐怖

怪談師　中村まさみ

『また、いる……』

坂本んち／はなれない／安いアパート／幽霊が出るんです……／かくれんぼ／ファミレス／機械音／あぶらすまし／トイレを囲む者／写真の女性／たみさん／風呂にいるもの／タクシー／はじめての金しばり／ハウススタジオ／ありがとうの手話／ミキサー室の霊／空からの声　他

［全30話］

『集合写真』

ガソリンスタンド／喫茶店の霊／ドラム缶／自転車と東京大空襲／サザエのふた／故人タクシー／うしろの正面／厳重事故物件／呼ぶ者いく者／白い家の思い出／湿疹／前世の縁／工場裏の廃車／恩賜の軍刀／座敷童との夜／呼ぶ少女／人形のすむ家／沖縄の思い出　他

［全35話］

『人形の家』

たたみ／午後四時に見ると死ぬ鏡／出るアパート／キハ22の怪／フクロウの森／拾ったソファー上から見てる／わたしが心霊スポットへ行かない理由／子ども用プール／呪いのターコイズ／乗ってる……／池袋の少年／必ず転ぶトイレ／頭骨の授業／となりの住人／生きろ　他

［全33話］

『病院裏の葬り塚』

通用口／こわれる女／土人形／深夜の訪問者樹海で拾ったもの／南方戦没者たちとの夜／人形に宿る思い／入ってくる……／廃線の鉄橋血吸いのふみ切り／箱／非情怪談／片方だけ霊たちの宴／百合の塚／開かずの間／文化住宅／風の通るホテル／あの世とこの世　他

［全35話］

『見てはいけない本』

校内放送／戦友／猫喰い／名刺／もらった家幽霊マンション／お化けトンネル／こっくりさん笑う男／あっ！／カチ、カチ、カチ／化粧鏡／細い手／初めての話／はなれ／見てはいけない本／古着屋／こわい話／民宿／原状回復工事花束／赤ちゃん人形／死後の世界　他

［全35話］

http://www.kinnohoshi.co.jp